이세계에서 스킬을 해체했더니
치트급 아내가
증식했습니다

개념 교차의
스트럭처

센게츠 사카키 지음 | **토자이** 일러스트

Contents

프롤로그

그녀의 은색 머리카락이 가느다란 몸에 감겼다.

긴 귀—엘프 귀가 살짝 떨리고 있다.

"전…… 나기 님 거예요."

딱딱한 침대에 걸터앉은 그녀는 내 눈을 똑바로 보며, 중얼거렸다.

응. 알고 있어.

나는 대답하는 대신에 그녀의 가느다란 목에 감겨 있는 목걸이를 만졌다.

은색의 금속 고리를 띵, 하고 울리자, 그녀는 간지럽다는 듯이 몸을 움츠렸다.

가는 그녀 옆에 앉아서 작은 몸을 안았다. 그녀가 입고 있는 얇은 노예 옷 너머로 뜨거운 체온이 느껴진다. 너무 빠른 고동도. 훤히 드러난 어깨에 맺힌 땀도.

살짝 안았을 뿐인데, 그녀의 갈색 피부가 달아오른다.

……그런데, 어두워서 잘 모르겠네.

방에는 작은 램프가 하나 있을 뿐.

얇은 유리 통 안에서, 희미한 빛의 구슬이 흔들리고 있다.

그것은 그녀의 얼굴을 희미하게 비추는 게 고작이다.

"세실, 마력으로 빛을 강하게 할 수 있어?"

"……나기…… 님?"

"둘 다 처음이고, 잘 안되면 큰일이니까, 세실의 모든 게, 나한테 잘 보이게."

"예…… 주인, 님……."

세실은 가느다란 손가락으로 램프를 건드렸다.

빛의 구슬이, 유리 통 가득 퍼졌다.

침대에 놓아둔 램프가 세실의 온 몸을 비췄다.

좋았어. 이제 잘 보인다.

갈색의, 부드러워 보이는 볼.

한 눈에 여기가 이세계라는 걸 알 수 있는, 신비로운 빨간 눈동자.

무릎 위에 올려놓은 두 손도, 살랑살랑 흔들리는 다리도.

전부 가늘고, 불안해보이고, 함부로 건드렸다간 부서지지나 않을지 걱정이 된다.

세실은 내가 지금부터 뭘 하려는지 알고 있는 것처럼, 예쁜 손가락을 살짝 쥐었다, 벌렸다, 쥐었다…… 반복하고 있다.

세실은 작다. 신장은 150 센티미터도 안 되려나.

얇은 천 너머에서, 작은 가슴이 위 아래로 움직이고 있다.

치마가 젖혀진 탓에, 다리와 몸통이 연결되는 부분까지 보일 것 같다.

"천천히, 할 테니까."

세실을 진정시키기 위해서, 말했다.

"처음이니까, 세실이 망가지지 않게, 천천히."

"잘 부탁드려요."

결심했는지, 손을 꼭 쥐고, 세실이 말했다.

"나기 님의 손으로, 새로운 저로 바꿔주세요."

"말 잘했어. 그래야, 내 노예지."

"나기 님……."

나는 세실의 왼쪽 가슴에 손을 댔다. 보기엔 작지만, 부드럽다.

살짝 얹은 내 손바닥을 크게 펼쳤다.

나는 집중했다. 세실의 안에서, 세실도 모르는 자신의 사용방법을 끌어내는 이미지다.

노예 세실과 주인인 나.

이것은 우리들의 첫 공동 작업이다.

"간다, 세실."

"예, 나기 님."

세실의 숨결을 느끼며, 선언했다.

"발동──『능력 재구축』── 스킬 스트럭처."

내가 왜 노예 소녀 세실과 여행을 하게 됐는지──

모든 일의 시작은, 지금부터 몇 시간 전에 일어났다.

제1화 「이세계에서 왕에게 미움을 사고 같은 학교 학생과 싸우고 고스트는 내가 마음에 들었고」

학교에 가는 중에, 내가 탄 버스가 사고가 났다.

정확히 말하자면 버스가 공중으로 날아가 버렸다.

여기…… 학교 가는 길인데. 절벽 같은 건 없었잖아……?

피곤한 탓일까.

어제도 날짜가 바뀔 때까지 아르바이트를 했으니까.

아무리 생활이 힘들다고 해도, 중간고사 전날에 12시간이나 아르바이트를 하는 건 아니잖아. 내가 근무 시간표를 짠 것도 아닌데, 어느새 사흘 연속으로 들어가 있었지만. 무시하면 집은 물론이고 학교까지 전화가 오지만.

버스는 계속 수직으로 낙하했다.

이게, 죽기 직전에 시간이 길게 느껴진다는—— 그건가…….

그렇구나, 이렇게 죽는구나. 좋은 일이라고는 거의 없었지——.

하다못해 학교를 졸업하고, 제대로 된 사회인이라는 걸 경험 해보고 싶었는데.

그래도 뭐, 어쩔 수 없지.

이렇게, 내가 각오했을 때——

눈앞이 새하얗게 물들어 있었다.

정신을 차려보니 우리는 하얗게 빛나는 넓은 공간에 서 있었다.

바닥에는 긴 융단이 깔려 있고, 그 끝에는 금색 옥좌가 있다.

버스는 사라졌다. 낙하의 충격도 없다. 나를 포함한 승객들은 전부 옥좌 앞에 서 있다.

뭐야 이거.

"잘 왔다. 인도받은 자들이여."

"이 세계는 마왕의 침공을 받고 있다."

"그래서 그대들을 소환했다."

옥좌에 앉아 있는 왕 같은 사람과 로브를 입은 마법사 같은 사람이 번갈아가며 말했다.

이세계…… 소환.

책 같은 데서 본 적은 있지만, 실제로 있구나.

그래도 딱히 감동은 없네.

어릴 적부터 집안 사정 때문에 계속 전학을 다닌 탓인지, 환경이 바뀌는 데 익숙하기 때문일까.

아니면, 왕과 마법사의 눈빛을 보고 안 좋은 예감이 들었던 탓일까.

"부디, 이세계에서 온 용사들이여."

"선택받은 자들이여."

""당장이라도 암흑에 휩싸이려는 세계를 구해주겠는가. 우리에게는 그대들의 힘이 필요하다──.""

두 사람 모두 내가 잘 아는, 블랙 아르바이트 고용주의 눈이다.

무작정 불러서, 억지로 일을 시키는.

게다가 구체적인 이야기는 한 마디도 없다.

소름이 돋는다……. 도망치고 싶어진다.

그런데 왕 같은 사람은 큰 소리로 말했다.

멋대로 이야기를 진행시키려고 한다.

위험해. 이놈들 위험하다.

"이세계에서 온 자들에게만 주어지는 특별한 스킬로 마왕을 쓰러트리고, 이 세계를 구해주기를 바란다."

"마왕을 멸한 그 때, 원래 세계로 돌아가는 길을 열어주겠다."

"적의 규모는? 인간의 전력은?"

나도 모르게 말하고 있었다.

"보수는? 처음에 이 나라 돈으로 400 아르샤를 준다고 했는데, 이쪽 세계의 화폐 가치는 어떻게 되지? 400 아르샤로 일반 가정 사람들이 몇 년이나 살 수 있지? 정기적인 보수는 있고? 성과에 달려 있나? 아니면 고정급여?"

"지금부터 전이 마법으로 변경의 요새로 보낸다고 했는데, 그거 이상하지 않아? 우리는 이쪽 세계에 대해 아무것도 모르는데? 문화 체계나 식료 사정 같은 것도 모르고, 무엇보다 전선으로 보내버리면 일반적인 생활에 적응할 수도 없어. 거역한다면 쫓아낸다고 했는데, 이렇게 되면 그쪽 명령에 따를 수밖에 없잖아. 그거 이상하지 않아?"

"아니, 마왕을 쓰러트리면 원래 세계로 돌려보내주겠다는 '계약'이라든지 그런 얘기도 없고. 무기나 장비를 준다는 얘기도 없고. 우리를 믿어달라는 말도 없고! 선택받은 용사네 뭐네가 문제가 아니라. 내가 하고 싶은 말은 고용 형태와 노동 내용에 관한 얘기인데———."

쫓겨났다.

"잠깐 기다려주겠나."

위병의 재촉을 받으며 왕궁 복도를 걸어가는데, 뒤에서 누가 불렀다.

뒤를 돌아보니 나와 같이 소환된 학생 두 명이 서 있었다.

안경을 쓴 남자와 포니테일의 여자.

남자는 머리카락이 단정한 게 성실해 보인다. 여자는 한 눈에 봐도 운동부 같고.

"국왕폐하의 허가는 받았다. 그와 잠시 이야기를 나누게 해주겠나."

안경 쓴 남자가 말했다.

위병이 복도 저쪽을 봤다. 옥좌로 통하는 문 앞에서 다른 위병이 고개를 끄덕였다.

위병들은 창을 내리고 우리한테서 떨어졌다.

그 사이에 학생 두 사람이 내 쪽으로 다가왔다.

"뭔데⋯⋯."

내가 물었다.

최대한 빨리 여기서 나가고 싶은데, 이제 와서 무슨 볼일이지.

"나는 쫓겨난 몸이야. 엮이지 않는 게 좋을 것 같은데."

"일단 자기소개부터 하게 해주겠나. 나는 야마조에. 자네와 같은 학교 학생회장이다. 이쪽은 어릴 적부터 친구이자 부회장인 타키모토. 그쪽은?"

"소마. 소마 나기야."

나는 짧게 대답했다.

위병은⋯⋯ 역시 이쪽을 보고 있네.

왕과 관련된 사람에게 최대한 내 개인정보를 알려주지 않으려고 했는데⋯⋯.

이 상황에서는 어쩔 수 없나. 무시하고 뛰어가면 위병이 경계할 테고, 최악에 경우에는 뒤에서 찔러버릴 수도 있으니까.

"자네를 말리러 왔다. 우리와 함께 용사가 돼서 이 세계를 구해주겠나?"

야마조에가 온화한 미소를 지으며 말했다.

대단한데 학생회장. 왕한테 쫓겨난 놈까지 친절하게 대해주는 건가.

그럼, 나도 그 마음에 대답해줘야겠네.

"거절할래. 나하고 임금님 사이에서 얘기가 다 끝난 일이야."

나는 왕의 의뢰에서 블랙의 기미를 느꼈다.

왕은 나처럼 귀찮은 놈은 필요 없다고 했다.

그래서 나는 얌전히 쫓겨나기로 했다.

그 쪽이 살아남을 가능성이 크다고 생각했다. 왕의 의뢰는 본능적으로 무리였다.

하지만, 다른 사람이 어떻게 생각하는지는 다른 문제다.

내가 절대로 옳다는 보장은 없다. 어쩌면 왕의 의뢰는 원래 세계에서도 깜짝 놀랄 만큼 화이트 기업적인 일인지도 모른다. 남는 쪽이 더 좋을 가능성도 있다.

"너희가 용사가 되고 싶다면 그렇게 해. 방해도 안 하고 부정도 안 할 테니까."

"그런 말은 하지 말게나."

야마조에가 나를 향해 손을 내밀었다.

부회장 타키모토는 그런 야마조에를 황홀한 눈으로 보고 있다. 아, 그런 사이구나.

"우리 그룹을 중심으로 다들 하나로 뭉치고 있다. 남은 건 그쪽뿐이다."

"뭉치고 있으면 됐네. 난 안 갈 거야."

나는 위병 쪽을 봤다. 위병들은 떨어져서 이쪽을 보고 있다.

쓸데없는 소리를 해서 적대시하기라도 하면 곤란하니까.

여기는 무난한 말로 넘어가자.

"아까도 말했지만 적과 이쪽의 전력, 전투 조건. 여기서부터 변경까지의 지리라든지 물가라든지, 고용조건이나 노동 조건── 아무튼 자세한 정보를 알기 전에는 국왕폐하의 의뢰는 받아들일 수 없어. 아니, 그럴지 말지 판단도 할 수 없어. 최소한, 나는."

"불만이 있다는 건 알겠어…… 하지만."

야마조에는 여전히 내밀고 있는 손을 꽉, 쥐었다.

"하지만 우리는 운명의 인정을 받고 임금님의 신뢰를 받은 용사가 아닌가? 세계를 구한다는 중요한 일을 맡은 존재가 아닌가? 그 신뢰와 기대에 응해야 하지 않겠나?! 다른 사람들을 제치고 용사가 된 우리에게는 사명을 완수해야 할 의무가 있는 게 아니겠나?!"

복도 전체에 울리는 큰 목소리와 함께, 야마조에는 천장을 향해 주먹을 뻗었다.

뒤에 있는 타키모토는 감동했는지 고개를 끄덕이고 있다.

오싹했다. 이 자식들, 위험해.

전에 일했던 블랙 아르바이트 동료 중에도 이런 놈이 있었다. 상사의 훈시에 맞춰서 고함을 지르고, 주위의 동료들을 쉬는 날도 없는 살인적인 근무 시간표에 끌어들였던 놈이. '기대에 응한다'는 게 입버릇이었고, 2주 뒤에는 좀비 같은 얼굴이 돼서 그만뒀지만.

얘네 둘, 지금 상황을 알고는 있는 건가.

왕은 이쪽 세계에 대해 아무것도 모르는 우리를 불러들여서,

변경으로 보낼 테니까 마왕군이랑 싸우라고 했거든? 그러면서 지금까지 야마조에 쪽에도 필요한 정보를 하나도 가르쳐주지 않았잖아?

하지만 야마조에는 희망에 가득 찬 얼굴로,

"애당초 일을 시작하기도 전에 고용 조건이나 노동조건에 대해 묻는 건 실례가 아닌가? 그런 것은 일단 성과를 내고 신뢰를 얻은 뒤에 물어야 한다고 생각하는데?"

미안⋯⋯. 무슨 소린지 모르겠어.

"성과가 뭔데."

"그건 임금님께 여쭤봐야지."

"물어봐. 중요한 일이잖아?"

"그러니까 그건 어느 정도 성과를 낸 뒤에――."

"처음으로 돌아갔잖아?!"

골치가 아프다.

그런데 야마조에 뒤쪽에 있는 타키모토는 뜨거운 시선을 보내고 있다.

뭐야, 진짜? 지금 이 얘기 듣고 이상하다는 생각이 들지 않아?

"들어봐, 소마. 임금님은 우리를 '선택받은 자들'로서 소환했잖아?"

"응. 그래서?"

"임금님은 이 나라에서 제일 높은 분이고, 한마디로 이 나라에서 제일 큰 회사의 사장님이잖아?"

"응⋯⋯. 그래서?"

"그런 사람을 의심하면 안 되지. 당연히 우리를 잘 생각해 주지 않겠어. 왜냐하면 우리는 '선택받은 자'니까!"

아…… 대충 알겠다.

얘네 둘, 내 얘기 하나도 안 들었다.

난 그저 구체적인 말도 없이 기대치만 가지고 사람을 움직이려는 직장은 위험하다고 말한 것뿐인데. 왕이 노동조건을 확실하게 말하고, 변경까지 가는 지도라도 보여주면 끝나는 일인데 그것도 없었다. 그래서 믿을 수 없다. 그것뿐인데.

점점 화가 났다.

왜 이 자식들은 나까지 그런 상황에 끌어들이려는 거야?

"자네가 왜 그렇게 경계하는지 모르겠군."

"임금님의 의뢰가 블랙이라서 그래. 불만 있어?"

"아, 그렇군. 자네는 소환되면서 자신이 변했다는 것을 모르는 건가……."

야마조에의 목소리가 작아졌다.

위병들을 경계하는 건지, 나한테 얼굴을 가까이 들이댔다.

여학생—— 타키모토는 위병들의 시선을 가로막을 수 있는 위치로 이동했다.

"——이, 이봐. 뭐야?!"

하지 마. 무슨 생각이야.

이러면 우리가 '위병들이 들으면 안 되는 얘기'를 한다는 게 뻔히 보이잖아.

이쪽 세계 대다수를 경계하게 만들어서 어쩌자는 거야?!

"내 얘기…… 잘 들어주게."

하지만 야마조에는 모른다.

씩 웃고, 엄청나게 좋은 생각을 떠올린 것처럼, 나에게 말했다.

"우리에게는…… 이쪽 세계 인간들에게는 없는 특수한 스킬이 있다고 한다. 마음만 먹으면 우리가 이쪽 세계 군대를 제압할 수도 있지. 아무것도 두려워 할 게 없다."

…………뭐?

지금, 뭐라고, 했지.

이 자식, 지금, 뭐라고.

"──우, 웃기지 말라고ㅇㅇㅇㅇㅇㅇㅇ!!"

나도 모르게 야마조에의 멱살을 잡았다.

안 되겠다.

이 놈들하고는 같이 못 해.

반경 1 킬로미터 이내로 접근하기도 싫다. 말도 섞기 싫다.

원래 세계에서 온 사람들이 전부 이 자식한테 동의했다면, 멀리 떠나서 다시는 안 만나고 싶다!

"웃기지도 않는 소리 하지 마! 난 너희 동료가 되기 싫어! 죽고 싶으면 너나 죽어! 꺼져── 다신 내 근처에도 오지 마!!"

"──뭐?"

내 서슬에 깜짝 놀랐는지, 야마조에는 왕궁 복도에 엉덩방아를 찧고서 눈이 휘둥그레졌다.

정말 모르는 건가? 이 자식.

지금, 어디서, 자기가 **무슨 소리**를 했는지.

이세계에 소환된 우리에게는 특수한 스킬이 있다── 그건 왕이 말했으니 그렇겠지.

그리고 그게 이쪽 세계에 있는 것보다 강력하다는 것도 확실하다. 그렇지 않으면 왕이 우리를 소환할 이유가 없으니까.

그래, 가능하겠지.

특수한 스킬── 치트 스킬을 다 같이 쓰면, 이쪽 세계의 군대를 제압하는 것도.

하지만, 왜 지금 그걸 여기서 말하는 건데?!

왕궁에서! 제일 감시가 심한데서! 위병이 떨어져서 보고 있는 지금!!

어째서, 누가 들으면 이 나라 전체가 적이 될 수 있는 말을 소리 내서 하는데?!

위병들은 떨어져 있으니까 안 들릴 것 같다고? 그걸 어떻게 알아?!

청각이 뛰어난 종족이면? 독순술을 쓸 수 있으면? 뭔가 스킬이 있으면?

우리는 저쪽의 능력을 모른다.

하지만, 우리에게 치트 스킬이 있다는 것만은 왕도 알고 있다.

그래서 왕도 우리를 경계해서 대항수단 정도는 준비했을 테고.

솔직히 그렇잖아? 왕은 우리를 변경의 전장으로 전이시킬 준비까지 다 해 놨다. 설명하는 것도 익숙한 느낌이고. 마치, 전에도 같은 짓을 했던 것처럼.

만약 우리보다 먼저 이쪽 세계로 소환된 용사가 있었다면, 왕은 우리가 적이 됐을 때에 대한 대책도 마련했을 것이다. 그런 건, 조금만 생각해보면 알 수 있잖아?!

……말도 안 돼.

이쪽 세계 사람들한테 위험하게 보이기 싫어서, 필사적으로 '무능'한 척 하고 있었는데. 그게 자유의 몸이 되고 살아남는 데 제일 좋을 것 같았으니까. 그런데——.

"난 용사가 안 될 거야. 될 수가 없어. 그런 강한 스킬은 없어! 도움이 안 되니까 도망쳤어. 그러면 되잖아! 당장 용사 동료들한테 가버려!"

그래서, 이 녀석하고는 손을 잡을 수가 없다.

소환된 놈들이 전부 이 녀석하고 한 패라면, 동료가 될 수 없다.

"잠깐, 그거 너무한 거 아냐?"

넋이 나간 야마조에 뒤쪽에서, 타키모토가 큰 소리로 말했다.

포니테일을 흔들면서, 나와 야마조에 사이에 끼어들었다.

"회장님은 널 걱정해주는 거잖아? 이세계에서 혼자 남으면 죽을 텐데?"

"아마, 혼자 있는 쪽이 생존 확률이 높을 것 같거든."

이런 위험한 놈들이랑 같이 있는 것보다는. 훨씬.

"협력하는 게 훨씬 좋을 거야. 버스에 있던 사람들은 전부 우리 친구거든? 내가 소개해줄 테니까. 다들 용사가 된다는 데 납득했고, 의욕이 불타고 있어."

그렇구나. 거기까지 굳게 뭉친 건가.

그럼 내가 설득해봤자 소용없겠네.

블랙 아르바이트를 여러 번 반복한 덕분에, 왕의 의뢰에서 상당한 냄새를 맡았다고.

그런 얘기를, 해봤자.

"저기, 학생회 양반들."

"……?"

"우리에게 어느 정도 치트 스킬이 있어도, 세계의 룰을 아는 녀석이 훨씬 강해."

그렇게 이해가 안 되는 거냐.

용사라고 해봤자, 아무것도 모르는 지금은 제일 약하다고.

용사를 소환하는 데 익숙하고 대책을 다 세워놨을 집단은 당해낼 수가 없어.

"아, 그래. 그, 그렇구나, 흐응."

하지만 야마조에는 건성으로 대답. 역시 내 말 따위는 듣지도 않았다.

이 자식들…… 정말로 선택받은 용사가 되고 싶은 거구나…….

"용사님. 시간이 다됐습니다."

철컹, 위병이 나와 회장 사이에 창을 들이밀었다.

"국왕폐하와 용사님의 자비는 이해합니다. 하지만, 이제 충분하겠죠."

"용사라도 구할 수 없는 자는 있는 법입니다."

"세계의 위기는 한시가 급한 문제입니다. 부디 폐하 곁으로. 다른 용사 분들이 기다리고 계십니다."

위병들이 말했다.

회장과 부회장은 뭔가에 얻어맞은 것처럼 헉, 하는 반응.

"그렇군……. 아쉽지만 우리는 세계를 구해야만 한다."

"회장님……."

야마조에가 어깨를 축 늘어트렸고, 타키모토가 그 녀석을 끌어안았다.

무슨 연극 대사도 아니고…….

뭐, 됐고.

할 말은 다 했다. 최대한 충고도 해줬고.

나머지는 이 녀석들이 알아서 할 문제다. 정말로 치트 스킬이 있다면 살아남을 수는 있겠지.

"그럼, 난 간다."

왕의 제안을 받아들이는 건 본능적으로 무리니까. 어디까지나 '나한테는'이지만.

위병이 나한테 창을 겨누고, 출구로 걸어가라고 재촉했다.

안 그래도 더 이상 여기엔 볼 일 없다.

응…… 블랙이야.

적어도 나한테는 무리. 본능적으로.

내가 있을 곳은 왕궁 밖이다. 정보를 모아서, 어떻게 살아갈지 정하고―살아남는다.

그게 지금 당장의 목적이다.

나는 왕궁에서 나왔다.

뒤에서 철문이 큰 소리를 내며 닫혔다.

블랙 냄새가 나는 일에서 도망친 건 좋지만…….

……자, 이제 어떻게 해야 하나.

"일단 저질렀으니…… 어쩔 수가 없지."

왕도의 큰길을 걸어가면서 중얼거렸다.

생각해보니 좀 더 잘 처신했을 수도 있었다.

원래 세계에서의 나쁜 버릇이 튀어나왔다. 블랙 아르바이트를 너무 많이 하다 보니 트라우마가 돼버렸기 때문에.

나도 모르게 왕한테 따지고 든 것도, 용사가 되겠다는 회장한테 소리를 지른 것도 그것 때문이다.

그런데 왕의 의뢰가 뭐랑 비슷했는데 말이야…….

아, 생각났다.

전에 한 번 걸렸던 블랙 아르바이트다. 현장까지 밴에 태워서 데려가고, 일이 끝나자마자 내쫓았던 그거. 가장 가까운 역(걸어서 두 시간 반)까지 차로 가고 싶으면, 기름 값이랑 알바비 반을 내놓으라고 했었지. 그건 진짜 괴로웠다…….

왕의 의뢰는 그런 것과 비슷했다.

이번에는 일을 하기도 전에 쫓겨났으니 차라리 다행인가.

각오를 하고…… 상황을 확인하자.

여기는 사바라사 대륙에 있는 리그나달 왕국, 그리고 그 왕도.

왕도는 왕이 있는 곳이고, 이 나라에서 제일 큰 도시다.

그리고 저기 보이는 하얗고 훌륭한 건물이 조금 전까지 있던 왕궁.

내가 있는 곳은 왕궁에서 조금 떨어진 곳에 있는 광장이고, 사방으로 넓은 돌바닥 길이 교차하는 곳. 커다란 나무가 여러 그루 심어져 있는데, 나는 그 근처를 걷고 있다.

판타지 세계라서 그런지, 돌아다니는 인종도 다양하다. 귀가 긴 엘프도 있고, 키가 작은 드워프도 있다. 짐승 귀가 달린 건 수인족이겠지.

길이 교차하는 곳은 사람이 많이 다니는 곳이니, 주위에는 가게와 노점도 많다.

무기점과 도구점, 약초와 과일을 파는 가게도 있다.

——그나저나, 이세계로 날아왔는데도 전혀 놀라지 않는 나.

어릴 때부터 무시당하고, 여기저기 친척들 집에 얹혀살고 전학을 거듭한 탓에, 환경이 바뀌는 데는 면역이 생겼다. 세계의 룰은 확실한 것처럼 보이지만, 장소에 따라 이래저래 바뀌는 법이다.

그게 스케일이 조금 커졌을 뿐이고. 그래.

"맛있어요~. 덴가라돈 멧돼지 꼬치구이입니다~."

"하나 주세요."

나는 노점 앞에서 걸음을 멈췄다.

"고맙습다, 1 아르샤."

투박한 아저씨가 기름기가 줄줄 흐르는 꼬치구이를 내밀었다.

나는 은화 하나—— 1 아르샤를 아저씨에게 건넸다.

"그런데요, 제가 왕도에 처음 왔거든요. 여기 숙박비 시세가 어떻게 돼요?"

"응? 20 아르샤면 귀족들이 가는 좋은 데 묵을 수 있지. 보통은 15. 실력 있는 동료가 있으면 10 밑으로 가도 되지만, 추천은 안 해."

"고맙습니다. 그럼."

아저씨한테 손을 흔들고, 걸음을 옮겼다.

광장 구석, 화단 근처에 앉아서 꼬치구이를 먹었다.

기름기가 많지만 그럭저럭 맛있다. 그러고 보니 아침도 안 먹었었지.

자, 이제 어떻게 할지가 문제인데.

왕이 시원스레, 400 아르샤가 들어 있는 가죽 주머니를 줬다.

안에는 은화 100 개와 금화가 세 개.

은화 하나가 1 아르샤. 금화는 하나에 100 아르샤, 라는 것 같다.

자기가 다른 세계에서 불러온 인간을 홀딱 벗겨서 내쫓으면 찜찜해서 그랬겠지. 무기(숏 소드)랑 방어구(가죽 갑옷)도, 이쪽 세계의 옷도 빼앗지 않았다. 그리고 다른 소지품은 백팩에 들어 있는 약초랑 두 끼 분량의 빵과 육포.

지금 현재, 이게 내 전 재산이다.

사양 말고 받아주자. 원래 왕이 제멋대로 우릴 소환했기 때문이니까, 이걸로 비긴 걸로 치고.

"꼬치구이가 1 아르샤. 빵까지 추가하면 한 끼에 2에서 3 아르샤. 숙박비가 15 아르샤로 생각하면, 하루에 필요한 건 20 아르샤 전후. 400 아르샤가 있으면 20일은 살 수 있겠는데."

그 사이에 어떻게든 수입을 얻을 방법을 생각하자.

……괜찮으려나.

역시…… 얌전히 왕의 의뢰를 받아들여야 했나——

"…………으아."

생각한 순간, 오한이 일었다. 소름이 돋았다.

응. 안 되겠다. 본능적으로.

왕의 의뢰는 본능적으로 불온한 느낌이 들었다.

고등학교 3학년 나이에 블랙 아르바이트를 다섯 번이나 경험한 내 입장에서는.

차분하게 생각해보자.

먼저 최초의 소지금 400 아르샤. 이게 많은 걸까 적은 걸까?

일의 내용을 생각해보면 적다고 본다.

왕이 시키는 대로 했을 때 의식주를 보장해준다면 충분한 금액일 수도 있지만, 의식주를 어느 정도 수준으로 제공해줄지를 모른다.

보낸다는 곳은 변경의 전선이다. 방이나 식사가 우리한테 맞을지도 모르는 일이고. 불만이 있으면 400 아르샤를 써서 자기가 구하는 방법밖에 없다.

게다가 전이 마법으로 보낸다는 건, 거기까지 가는 길을 알아 둘 수도 없다는 뜻이다.

마법으로 전이시킬 정도면, 변경의 전선까지는 상당히 멀 거야.

이 왕도가 평범하게 북적거리고 있는 게 그 증거다. 마왕의 위협이 바로 코앞까지 다가왔다면, 다들 속편하게 장이나 보고 있을 리가 없으니까.

즉, 전선으로 가면 자기 힘으로는 돌아올 수가 없다.

전선에서 왕도까지 거리가 대체 얼마나 되는지. 문명권으로 돌아올 길이 있는지 없는지도 모른다. 치트 스킬로 그 물리적인 '거리'를 어떻게 할 수 있을 것 같지도 않고. 완전히 야생화 돼서 살아남는다면 모를까.

우리는, 이쪽 세계의 지리를 전혀 모른다.

한마디로 일단 전선으로 가버리면 끝장. 우리는 고용주가 시키는 대로 하는 수밖에 없다.

돈이 필요하면 마물과 싸워라.

밥을 먹고 싶으면 마물과 싸워라.

치료를 받고 싶으면 성과를 올려라.

무엇보다, 원래 세계로 돌아가고 싶으면 마왕을 쓰러트릴 때까지 계속 싸우는 수밖에 없다.

정말로 원래 세계로 돌아갈 수 있는지도 모르는데.

이거, 상당히 블랙한 일 같은데 말이야…….

"뭐…… 내가 잘못 생각했을지도 모르지만."

어쨌거나 내 스킬은 '용사'에 어울리지 않는다.

마왕과 싸운다면, 아마도 즉사한다.

"아무튼 이 스킬로 어떻게 살아갈지가 문제인데."

왕은 '이세계에서 소환된 자에게는 특수한 스킬이 주어진다'고 했지.

하지만 나한테 주어진 스킬은 전투에서는 쓸모가 없을 것들 투성이다. 게다가 전체적으로 레벨도 너무 낮고. 이게 뭐냐고.

고유 스킬『능력 재구축』

통상 스킬『검술 LV2』『강타 LV1』『청소 LV1』『분석 LV1』『이세계 회화 LV5』

특히 고유 스킬인『능력 재구축』이 완전히 의미 불명이다.

검술이나 강타는 이해한다. 청소도 알겠고. 분석도.

이세계 회화는, 주위의 말을 실시간으로 통역해준다.

다른 스킬은 이미지만 생각해봐도 효과를 알 수 있는데, '능력 재구축'만은 어떤 스킬인지 도저히 모르겠다니까. 이거, 나한테만 있는 고유 스킬이지?

"『능력 재구축』── 발동."

스킬을 발동하자, 내 앞에 작은 창이 나타났다.

아무도 이쪽을 신경 쓰지 않는다. 그렇다면 이건 나한테만 보인다는 듯이겠지.

그리고 이 창에 스킬을 세팅한다.

이건 머릿속으로 '세팅한다'고 생각만 하면 되는 것 같다.

시험 삼아 '강타 LV1'을 세팅했더니.

『강타 LV1』

「낮은 레벨 몬스터」에게 「강력한 대미지」를 「입히는」 스킬

이라는 문자가 표시됐다.

그게 전부.

"이 스킬로…… 용사가 되라고……?"

전선에 가기 싫었던 가장 큰 이유가 이거다.

스킬을 어떻게 써야 할지 모른다. 전투용인지 보조용인지도 모른다.

이런 상태에서 변경의 최전선으로 갔다간, 돌이킬 수 없는 일이 벌어진다.

그렇다면 시내에서 살아남을 수단을 찾는 쪽이 낫다. 시내에서라면 전투 직업 말고 다른 일이 있을지도 모르니까. 선택지는 많을수록 좋다.

소지금은 400 아르샤.

그게 다 떨어지기 전에, 어떻게든 먹고 살 방법을 찾아보자.

원래 세계는…… '돌아가게 되면 다행이고' 정도로 생각하고.

크게 애착도 없으니까.

지금부터의 목표는 '살아남는 것'.

가능하다면 '평범한 행복'을 손에 넣는 것.

이곳이 어떤 세계인지, 주의 깊게 살펴보자. 이용당하지 않게. 아무튼 이세계에 와서까지 억지로 일하는 건 질색이다.

블랙 노동과는 결별이다. 이젠 누구에게도 이용당하지 않겠다.

눈에 띄지 않게, 지뢰를 밟지 않게 신중하게 살자.

그리고 최종 목표는 일하지 않고도 먹고 사는 것. 그러기 위해서는—

"그러기 위해서는…… 어떻게 해야 할까……."

『재미있는 스킬 잘 봤다. 손을 잡지 않겠나?』

목소리가 들렸다.

내 머릿속에서.

……정신감응(텔레파시)?

게임에서 흔히 볼 수 있는 그거다.

신전에 들어가면 신이나 정령이 갑자기 말을 걸어오는 상황.

이세계니까 그 정도는 일어날 수도 있지. 응.

어디서 말을 걸었지?

주위를 둘러봐도 날 보는 사람은 없다.

아직 오전이라서 그런지, 광장에는 사람이 넘쳐난다.

가게도 정말 많다. 아까 그 꼬치구이 노점. 과일을 파는 가게. 명물(자칭) 고기가 든 빵 같은 물건을 파는 가게. 약초나 상처에 바르는 약을 파는 가게. 노점 말고도 무기나 방어구 가게도 있고, 수정 구슬을 파는 가게도 있다. 목줄과 열쇠 마크 간판이 달린 가게는—뭘까.

아무튼 사람이 너무 많다. 어디서 말을 걸어온 건지도 모르겠다.

그렇다면 '누가' 말을 걸었을 지는 생각해봤자 소용없다.

'무슨' 말을 하려는 건지, 거기에 집중하자.

달려들지 마라. 정보를 끌어내라. 난 이쪽 세상 초보자니까.

"손을 잡자고……? 무슨 말인지 모르겠는데."

『이쪽이 제공할 수 있는 건 정보뿐이다. 너, '내방자'지?』

"내방자?"

『다른 세계에서 온 인간이라는 말이다. 그런 것들이 소환되고 있다는 건 알고 있다.』

"일단 물어는 보는데…… 넌 누구야?"

『실체는 없어. 과거의 잔류사념. 일종의 고스트 같은 존재지.』

뭐야…… 고스트였구나.

신이나 정령 같은, 뭔가 좀 대단한 건가 싶었는데.

검과 마법의 세계에서 '나는 고스트다'라고 해봤자 하나도 무섭지 않거든.

"한마디로 너는 이 세상에 미련이 남아서 존재하고, 그걸 해소하기 위해서 나한테 말을 걸었다는 건가."

『이해가 빠르군.』

고스트의 모습은 보이지 않는다. 말투는 친근하고. 원한은 없는 것 같다.

미련이라고 해도, 그렇게 대단한 건 아니겠지.

믿을지 아닐지는 일단 보류했지만.

"그 고스트가, 나한테 뭘 가르쳐줄 건데?"

『이 세계의 룰과 네 스킬의 사용 방법.』

"고스트가 어떻게 스킬 사용 방법을 아는 건데?"

『우리는 오랫동안 살아왔다…… 아니, 오랫동안 살았기 때문이다. 내방자 중에는 가끔씩 너처럼 세계의 룰을 뒤집을 수 있는 스킬을 가진 자가 나타난다. 선택받은 자라는 뜻이지.』

"왕이 했던 말이랑 똑같은데."

『마왕과 싸우라는 말은 안 해. 우리는 곧 사라진다. 세계에 영향을 줄 수 없는 잔류사념이라서, 다른 이의 스킬을 엿볼 수도 있는 것이지.』

고스트는 잠시 쉬었다가 말했다.

『계약을 하자. 이쪽은 네 스킬의 사용 방법을 가르쳐주겠다. 너는 그 스킬을 써서 한 소녀를 구해줬으면 싶다.』

"'계약'?"

『이 세계는 '계약'이 전부다. 광장 저쪽에 있는, 수정 구슬 파는 가게를 봐라.』

시키는 대로 그쪽을 봤다.

가게 앞에서, 남성이 가게 사람과 거래를 하고 있다.

남성은 금화가 잔뜩 들어 있는 가죽 주머니를 가게 사람에게 건네고, 대신 수정 구슬을 받았다. 남성은 그것을 자기 가슴에 댔다.

수정 구슬이 슥, 하고 남성의 가슴으로 빨려 들어갔다.

그러자 남성은 마치 가속 마법이라도 걸어준 것 같은 속도로 달려갔다.

『저것은 '스킬'을 파는 상점이다.』

"스킬을? 이 세계에서는 사람의 능력까지 사고 팔 수 있어……?"

『본인이 동의한다면. 끄집어내서 어떤 스킬인지 알아낼 수가 있다. 팔면 돈으로 바꿀 수도 있지. 그 옆을 봐라.』

"목걸이랑 열쇠 마크 간판이 있는데?"

『저기는, 노예를 파는 곳이다.』

"──?!"

잠깐만. 사람까지 파는 거야?

그렇다면…… 여기는 게임으로 치자면 '마왕이 침공했으니까 용사가 돼서 구해주세요'라는 이세계가 아니라는 건가. 스킬도 사람도 사고팔고, 노예까지 부리다니…….

"……왕한테서 도망치길 잘 했네."

『뭐라고?』

"싸우다가 쓸모없게 되면 쫓겨나고, 돈을 구하려고 스킬을 팔고, 마지막에는 노예…… 그런 흐름이 눈앞에 떠올랐거든."

『아. 그렇군. 그럴 수도 있겠군.』

고스트는 『계약』의 룰에 대해 설명하기 시작했다.

『계약』이란 서로의 동의하에 약속을 주고받겠다는 맹세를 주고받는 것.

그것은 물물교환이거나 매매일 수도 있고, 정보를 줄 테니 이런 걸 달라는, 그런 것일 수도 있다.

이 세계에는 계약의 신이 있고, 『계약』 당사자들에게는 구속력이 작용한다.

『계약』을 어긴 자에 대한 페널티는 '불면의 저주'.

처음에는 일주일 간격으로. 다음에는 며칠 간격. 마지막엔 매일.

졸린데 잘 수가 없다.

머리가 멍~ 해도, 의식이 흐릿해도, 절대로 잘 수가 없다.

그래도 『계약』을 지키지 않으면 죽을 수도 있다.

그것이 이 세계를 지배하는 '계약'의 룰이라고 했다.

"분명히 왕은…… 마왕을 쓰러트리면 원래 세계로 돌려보내주겠다는『계약』을 한다고 했었지…….”

반대로 말하자면 일단『계약』을 해버리면 끝장. ‘마왕을 쓰러 트리지 않으면 원래 세계로 돌아갈 수 없다’는 얘기잖아? 만약 왕이 귀환할 수단을 쥐고 있다면——

무섭다! 역시 완전히 블랙이었어!

다른 사람들은…… 뭐, 원래 부조리하게 소환됐으니까, 의문을 가진 사람도 있겠지.

어떻게든『계약』을 회피했기를 빌자…….

나는 마음을 다잡고 노예상인의 가게를 봤다.

벽돌 건물이고, 창문에는 창살이 채워져 있다. 안의 상황은 알 수가 없다.

“내가 구해줬으면 하는 소녀라는 게, 저 가게에 있는 거야?”

『그렇다.』

“어떤 앤데.”

『저 가게에서 가장 아름다운 소녀다.』

“구체적으로는?”

『갈색 피부의, 키가 작은 소녀다. 이름은 세실 파롯. 그녀는 인간이 멸망시킨 마족의 마지막 생존자다.』

목소리가 말했다.

……‘마족’?

“‘마족’이 뭔데? 설마, 마왕하고 관계가 있어?”

『아니다. 마왕이란 인간을 위협하는 마물의 왕을 말한다. 인간과 전혀 다른 종의 존재다.

우리 '마족'은 데미 휴먼의 일종이지. 인간의 아종이다.』

마왕하고 관계자는 아니구나.

그러니까, 마왕은 변경에서 전쟁을 하고 있는 중이랬지.

그 관계자가 이런 왕도 한복판의 노예 상점에 있다면 그것도 부자연스럽긴 하네.

"그런데…… 왜 데미 휴먼이 그런 꼴을 당했는데."

여기는 그런 사람들이 당연하게 존재하는 세계인데.

『마족은, 생김새는 인간에 가깝지만, 엄청난 마력을 지닌 탓에 경계 당했다. 꺼려 마땅한 존재로서 '마족'이라는 이름을 붙이고, 멸망시켰지.

전쟁으로, 마족 사냥으로, 또는 천재와 인재의 원인으로 지목했다.

마물을 부리는 것이 틀림없다. 인간에 대한 복수를 꾸미고 있다. 역병이 도는 것은 마족의 저주 때문이다── 그런 일들이 계속 벌어졌다.

우리는 싸움을 좋아하지 않는 생물인데, 이젠, 하나밖에 안 남았다.』

잠깐만.

그럼 이 녀석은 그냥 고스트가 아니잖아.

왜 알아차리지 못했지. 이 녀석은 계속 자기를 '우리'라고 했었다.

한 사람 몫의 잔류사념이 아니다. 훨씬 스케일이 커.

이 녀석은 아마, 종족 전체의──

『우리는 모든 마족의 잔류사념. 집합체로서의 이름은 '아슈타르테'.

저 아이가 독립할 수 있을 때까지 보호해줄 주인을 찾으면 사라질 존재다.

우리의 딸을 거둬주겠는가. '내방자'여.』

제2화 「스킬로 재구축한 스킬을 써서 소녀를 구하다」

잔류사념.

게임이나 애니메이션에 흔히 나오는, 이 세계에 남은 마음의 조각.

응, 그런 게 있어도 이상하지 않겠지. 여기는 판타지 세계니까.

실제로 있으니까 어쩔 수 없다. 받아들이자.

하지만—

"그 마족의 잔류사념이, 왜 나한테?"

『네가 자기 의지로 길을 선택했기 때문이다.』

……무슨 소리야?

『이 세계에 온지 얼마 되지도 않았는데, 권력자의 제안에 정면으로 의문을 제기했다. 우리를 두려워하지도 않고 냉정하게 정보를 얻으려 하고 있다.』

"난 이쪽 세계 초보자야. 정보는 필요하지."

『게다가 있을 곳이 없어졌는데도 당황하지 않는다. 타 종족에 대한 편견도 없다. 그저 믿을 수 있는 정보인지 여부만 생각하고 있지?』

"그야 보통 그렇잖아."

『무엇보다 너는, 어째서 국왕에게 쫓겨났지?』

"취업 조건에 대해서 귀찮을 정도로 물어봐서."

『소환된 지 얼마나 됐다고? 어째서 그런 짓을 했지?』

"……그 때가 아니면 안 될 것 같아서."

왕의 의뢰가 블랙이라는 건, 그냥 직감이다.

그래서 자세한 정보가 필요했다. 조건이 안 맞으면 쫓겨나도 좋고.

그리고…… 다른 세계에서 소환된 우리에게는 특별한 스킬이 주어졌다. 그리고 그 시점에서 왕은 아직 내 스킬이 어떤 것인지 몰랐다.

왕이 이쪽에 해를 끼치려고 하고, 만약 내가 강력한 전투 스킬을 가지고 있었다면—뭐, 대책은 마련했겠지만, 피투성이 전투가 벌어질 가능성이 있다. 그렇게 되면 다른 내방자들까지 동요하게 될 테고.

그래서 왕은 나를 바로 쫓아냈다. 돈까지 주고.

그리고 나는 얌전히 쫓겨났다. 적대할 뜻이 없다는 걸 보여줬다.

계속 정보를 가르쳐달라고 했던 것은 이쪽이 무지하다는 걸 알리고, 그냥 내버려주면 금세 죽을 정도로 무해한 인간이라고 생각해주길 바랐기 때문이지만.

『훌륭하군. 거기까지 생각했을 줄이야.』

아슈타르테는 호오, 하고 감탄했다는 듯이 말했다.

『자신과 국왕, 서로의 이익을 생각한 결과인가. 결국 너는 정보를 얻었어도 그렇지 못했어도 상관이 없었다는 뜻이군. 하긴, 이 시점에서 그 행동은 최적이었다. 훌륭하다.』

"너무 띄워주지 마."

『역시 소중한 딸을 맡길 자는 너밖에 없다고, 우리는 그렇게 판단한다.』

대놓고 칭찬하니까 쑥스럽다.

나는 그냥 블랙 노동에서 도망치고 싶었을 뿐인데.

『그리고 이 세계의 이물질이라는 점에서는, 너도 세실도 크게 다를 게 없지 않은가?』

"뭐, 그냥 두면 금세 죽는다는 점에서는 그럴지도."

『그렇다면 같은 입장인 자들이 서로 도우면 된다. 평생 세실을 돌봐주라고 하지는 않겠다. 그저 사줬으면 싶을 뿐이다. 마족을 차별하는 자들 속에 있는 것보다는, 내방자의 동료가 되는 쪽이 낫겠지.』

"그 대신에 나한테 스킬 사용 방법을 가르쳐주고?"

『그래. 그것은 너를 구하는 길도 될 것이다. 검과 마법. 힘과 계약. 그것들이 지배하는 이 세계에서 자신의 스킬을 이해하지 못한 채로는 살아남는 게 불가능하겠지?』

"……그렇겠네."

고유 스킬을 쓰는 방법을 아는지 모르는지에 따라서 살아남을 확률이 엄청나게 달라지겠지. 아슈타르테가 사용 방법을 가르쳐준다면 큰 도움이 된다.

『계약』을 한다는 말은, 아슈타르테도 거짓말로 가르쳐줄 수 없다는 뜻이고.

"네가 내 스킬에 대해서 자세히 알고, 그걸 가르쳐줄 생각이 있다는 건 틀림없지?"

『물론이다. 우리가 사라지기 전에 네 스킬에 대한 정보를 전부 알려주마. 스킬로 번 돈으로 세실을 사주겠다고 약속한다면.

그 아이는 앞으로 며칠 동안은 저 가게에 있을 것이다. 마족이라는 것을 감추고 있어서, 가게에서는 세실을 다크 엘프라고 여기고 있다. 가격은 12만 아르샤, 노예 치고는 싼 편이라고 한다.』

"쉽게 말하지 말라고."

『계약』이라.

한마디로 아슈타르테한테 스킬 쓰는 방법을 배우면, 나는 저 소녀를 해방시켜줘야만 한다. 아냐, 잠깐. 이것도 왕이랑 거의 비슷할 정도로 블랙 아닌가?

내가 돈을 벌 때까지 저 소녀가 가게에 있으면 다행인데, 그전에 누가 사버리면?

계속 쫓아가야 하는 건가?

왜냐하면 '계약'이란 그런 거니까.

"으~음."

한마디로 알아서 '능력 재구축'의 사용 방법을 이해하면 그만이다.

이런 일은 전에도 해본 적이 있다.

아르바이트 하는 사이에, 취미로 동인 게임을 만든 적이 있다.

고등학교를 졸업한 뒤에 뭔가 기술이 없으면 블랙 기업에나 끌려갈 것 같았으니까. 게임은 좋아하고, 프로그램이나 시스템 같은 공부도 재미있었다. 그리고 내가 만든 게임의 평판이 좋으면 그게 스펙이 돼서, 화이트한 기업에 취직할 수 있을지도 모르니까.

실제로는 평판이 최악이었고, 게임을 올려놨던 내 홈페이지에서는 아주 난리가 났지만.

그건 그렇다 치고, 스킬의 시스템을 이해하라는 얘기잖아?

해보자. 아슈타르테와 『계약』하는 건 그 다음에 해도 되니까.

나는 다시 한 번 『능력 재구축』을 발동했다.

나타난 창에 『강타』를 세팅.

『강타 LV1』

(1)「낮은 레벨 몬스터」에게 「강력한 대미지」를 「입히는」 스킬

문자가 표시된다.

하지만 창에는 아직 공간이 남아 있다.

여기에 스킬을 하나 더 세팅하면 어떻게 될까?

이리 와. 『청소 LV1』!

『청소 LV1』

(2)「방」을 「청소도구」로 「깨끗하게 치우는」 스킬

세팅했다.

대충…… 시스템을 알 것 같다.

『능력 재구축』은 스킬의 내용을 해체할 수가 있다.

어렵게 표현하자면 『스킬의 개념화』.

분해하고 해체해서…… 어쩌면 재구축도 할 수 있지 않을까?

예를 들어서 스킬을 구성하는 내용을 바꾸면 어떻게 될까?

창을 손가락으로 건드려봤다.

역시. 「낮은 레벨 몬스터」와 「청소 도구」라는 말을 움직일 수 있다

그렇다면, 이건 어떠냐!

(1)「낮은 레벨 몬스터」를 「청소 도구」로 「깨끗하게 치우는」 스킬.

(2)「방」에 「강력한 대미지」를 「입히는」 스킬

"실행! 『능력 재구축』!!"

창에 표시된 '실행'을 눌렀다.

문장을 재구축한 스킬이 변화한다!

그 · 렇 · 구 · 나. 알았다!

예를 들자면, 이건 카레를 '고기, 야채' '카레 루' '물'로 분해하는 것이다. '카레 루'를 '간장과 설탕'으로 바꾸면 장조림으로 재구축 할 수 있다는 건가.

스킬을 바꾸는 스킬.

그것이 『능력 재구축』의 정체다.

그리고 이번에 『능력 재구축』으로 만들어낸 스킬은 두 가지.

『마물 청소 LV1』 : 청소 도구로 주위의 낮은 레벨 마물을 멀리

날려 버린다. (R(레어))

『건축물 강타 LV1』: 방의 벽이나 내장재에 강력한 대미지를 입힌다. '벽돌' '나무 벽' (R)

재구축하면 전부 레어 스킬이 되는 것 같다.

그런데…… 이 스킬, 쓸모가 있을까?

처음 치고는 잘 한 것 같지만.

일단은 돈을 모으고 다른 스킬을 사서 시험해보자.

"그렇게 됐네, 미안해 아슈타르테. 굳이 가르쳐줄 필요도 없었어."

『……아쉽군.』

"이런 건 좀 하거든."

『네 그릇을 잘못 봤던 것 같다. 원래 세계에서는 뭘 했나?』

"평범한 학생이야. 블랙 아르바이트 하느라 고생은 했지만."

부모님이 안 계신 탓에 먹고 살기가 힘들어서, 아르바이트만 잔뜩 했다.

오락이라고 해야 게임 정도. 휴대전화만 있으면 일단은 공짜로 할 수 있으니까.

그리고 중고 컴퓨터를 얻어서 동인 게임 같은 것도 만들었고.

블랙 아르바이트를 하면서 지식과 기술이 없으면 누군가를 이용하면 된다는 걸 배웠으니까, 살아남기 위한 스킬을 얻는 수단으로.

"하지만, 난 게임을 만드는 센스가 없었나봐."

『잘은 모르겠지만, 어떤 것을 만들었나?』

"260개의 능력치를 마음대로 조작해서 캐릭터를 만든 다음에 지, 수, 화, 풍의 속성을 공격력과 방어력, 민첩성, 튼튼함, 상냥함 등등의 능력치에 최대 690가지 조합으로 재배치한 뒤에 마법과 스킬을 작성해서 게임 스타트. 왕을 만났을 때 상대가 말하는 16개의 거짓말을 간파하지 않으면 강적 몬스터가 있는 에어리어에 배치돼서 고생하는데다, 파티 동료를 모집할 때 연애 게임 같은 선택지와 이벤트, 호감도를 설정했더니, 공짜 게임인데도 욕을 엄청 먹었지."

『……너도 고생이 많았구나. 이세계인.』

"뭐, 원래 살던 세상에서 얘기야."

나는 한숨을 쉬었다.

"그보다, 『계약』을 못 하게 돼서 미안해. 아슈타르테."

『……뭐, 어쩔 수 없지.』

"이쪽 세계의 정보를 준 건 고마워."

나는 바지에 묻은 흙을 털고 일어났다

계속 앉아 있었더니 엉덩이가 아프다.

앞으로 어떻게 할지는 정해졌다. 일단 목표는 평범한 행복이다.

그러려면 역시 정보가 필요하다.

이 세계에 대해 잘 알고, 나와 함께 이 세계의 잘못된 부분을 바로잡아줄 사람이.

그 사람은 믿을 수 있는 상대고, 어느 정도 정체를 알 수 있는 쪽이 좋다.

"저기, 아슈타르테. 지금부터는 그냥 잡담이니까 싫으면 대답하지 않아도 되거든. 스킬 가격은 대충 어떻게 돼?"

『……? 그러니까, 흔히 있는 커먼 스킬이 수십에서 100 아르샤 정도. 조금 귀한 언커먼 스킬이라면 수천 아르샤다. 레어 스킬은 가격에 폭이 있지. 몇 만에서, 비싼 것은 100만 이상으로 거래되는 것도 있다.』

아슈타르테가 술술 말했다.

역시.

이 녀석, 꽤 좋은 녀석이다.

마족이라고 해서 무서운 녀석인가 싶었는데, 아니었다. '계약'은 성립되지 않았으니까 나한테 정보를 줄 이유도 없는데.

'다른 녀석을 찾겠다. 안녕' 하고 가버려도 되는데. 그런데도 정보를 줄 정도로 좋은 녀석이다.

원래 세계에서 아르바이트 했던 곳 상사는 정말 끔찍했다.

일을 어떻게 하면 되는지 물어봤더니 '알아서 생각해!'라고 소리를 질렀고, 알아서 했거니 '내가 하는 방식이랑 다르잖아!' 라고 또 소리를 질러서, 내 방식이 맞는다는 걸 증명했더니 '이 자식이 건방지게!' 였지. 거기에 비하면 훨씬 낫지.

이 세계에서—— 아니, 원래 살던 세계에서부터 지금까지, 오랜만에 믿을 만 한 상대를 만난 것 같다. 잔류사념이라는 게 아쉽지만.

"나도 내 안전이 걸린 문제니까 한 번 더 물어볼게. 레어 스킬은 몇 만에서 100만 아르샤 이상으로 거래되는 게 맞지?"

『그렇다만?』

"그리고 마족 생존자 소녀의 가격이 12만 아르샤, 였고?"

『그렇다면……?! 설마, 너……?』

둔하긴. 이제야 알았냐, 아슈타르테.

내가 왜 지금 여기서 『능력 재구축』을 썼겠냐고.

그렇게 됐으니까.

나는 노예를 취급하는 가게 문을 열었다.

입구에는 수염이 난 키 작은 남자가 있다. 이 녀석이 노예상인 인가.

뭐, 됐고.

난 손님이다. 거만하게 굴어보자.

"찾는 소녀가 하나 있다."

나는 노예상인에게 말했다.

"이름은 세실. 갈색 피부에 키가 작고 귀가 긴, 이 가게에서 가장 예쁜 소녀.

급하니까 빨리 데리고 와주겠나."

……솔직히, 어쩔 수가 없잖아.

아슈타르테는 일단 이 세계의 정보를 줬다.

'계약'에 대해. 모든 것을 사고 팔 수 있다는 룰.

그것을 알고 모르는 것의 차이는 엄청나게 크다.

아슈타르테는 '계약'을 하기 전에 그 룰을 가르쳐줬다.

내 질문에 대답할 생각도 안 했던 왕하고는 대조적이다.

아슈타르테는 무상으로 정보를 줬다──즉, 믿을 수 있다.

그 아슈타르테가 소개해준── 즉, 아는 사람과 제일 가까운 존재.

그러니까, 세실 파롯이 이쪽 세계의 정보원으로 제일 적합하다.

마족이 차별 당한다는 건 내가 알 바가 아니다.

고스트건 잔류사념이건 상관없다.

아슈타르테가 아는 사람이 잡혀 있다면, 그냥 둘 수 없다.

도와주자.

외톨이 내방자와 외톨이 마족.

길동무로는 딱 좋잖아.

"어서옵쇼. 손님, 노예는 처음 사보십니까?"

노예상인이 말했다.

손을 비비며, 이쪽을 품평하려는 것처럼 보고 있다.

남자가 손뼉을 치자 가게에 있던 중년 여성이 자리에서 일어났다. 안쪽 문을 열고 다른 방으로 갔나 싶더니, 조금 있다가 돌아왔다.

갈색 다크 엘프── 로 보이는 마족 소녀.

세실 파롯을 데리고.

그녀는 하얗고, 허름한 옷을 입고 있다.

목에 목줄을 채워 놨다. 사슬까지 걸어놓진 않았지만, 도망치려고 하지 않는다.

아슈타르테가 말한 대로 피부는 고운 갈색이다.

긴 귀는 힘없이 축 늘어졌고, 아래쪽으로 향한 갈색 눈에는 초점이 없다.

은색의 긴 머리카락은, 아마도 조금 전에 그 여자가 손질을 해줬겠지. 램프 빛을 받아서 빛나는 것 같았다.

키는 나보다 상당히 작다.

그나저나 애한테 목줄을 채우고 돌아다니면 무지하게 범죄자처럼 보일 것 같은데.

"처음 사시는 분께는 추천하지 않습니다. 다크 엘프라서 말이죠, 엄청나게 깐깐합니다. 전쟁 때문에 고아가 된 걸 거둬왔는데, 붙임성이라고는 하나도 없어서 말이죠."

"흐음……."

"이름은 세실. 어려 보이지만, 자기 말로는 열 넷인가 열다섯 살이라고 합니다. 다크 엘프는 중에도 성장 속도는 차이가 있다는 것 같으니까요. 마법 적성은 높습니다. 그런데, 말을 잘 안 듣는 성격이라서 전투요원으로 써먹기도……."

"이 아이와 말을 좀 해보고 싶은데, 괜찮겠나."

키 작은 남자가 고개를 끄덕여서, 나는 세실에게 다가갔다.

은색 머리카락이 찰랑, 흔들렸다.

세실은 붉은 눈으로 나를 흘끗 보고, 바로 고개를 돌렸다.

"아슈타르테한테 부탁을 받았어. 세실 파롯."

나는 노예상인한테 들리지 않게 작은 소리로 말했다.

"뭐, 그렇게 잘 아는 사이는 아니지만. 내가 널 사겠어. 그 대신에 이쪽 세계의 정보를 가르쳐줬으면 싶고. 간단히 말하자면 내 선생님이 돼달라는 거야."

"——?!"

소녀는 믿을 수 없다는 듯이 눈을 크게 떴다. 하지만, 바로 고개를 숙였다.

아~ 이거, 내가 아르바이트 할 때 이런 얼굴이었지.

시급 올려줄게—역시 안 되겠다. 콤보를 맞았을 때라든지.

그런 일이 계속되면 희망을 갖는 자체가 싫어진다.

이 아이를 보니 원래 세계에서의 내가 생각난다.

구해주자. 마족이면 뭐 어때. 내방자인 나한테는 상관없는 일이잖아.

"주인장. 세실의 가격은 어떻게 되나?"

"18만 아르샤입니다. 귀중한 다크 엘프니까요."

"12만은 어떤가?"

시세를 알고 왔다는 걸 눈치 챘겠지.

키 작은 남자의 눈에서 얕보는 기색이 사라졌다.

"손님, 실례지만 돈은 가지고 계신지요? 저희는 일시불입니다만."

"스킬로 지불해도 되겠나?"

"스킬로?"

"여기서는 스킬을 돈으로 거래하지 않나. 옆에 스킬 상점도 있으니, 굳이 현금화하는 것보다 그게 빠르겠지."

"감정인을 불러도 되겠습니까?"

"그러든지."

주인이 점원에게 눈짓을 했다.

가게 안쪽에 있던 중년 여성이 옆 가게로 뛰어가서, 스킬 상점 점원을 데리고 왔다.

아슈타르테는 '동의하면 꺼낸 스킬의 내용을 알 수 있다'고 했었다.

반대로 말하자면 동의하지 않으면 어떤 스킬을 가지고 있는지 모른다는 뜻이다.

내 『능력 재구축』에 대해서는 숨기는 게 좋겠지.

"이쪽이 팔려는 건 '낮은 레벨 마물을 청소 도구로 날려버리는 스킬'이다."

가슴에 손을 댔다.

『마물 청소 LV1』을 불러낸다.

미끈, 하는 감촉.

손바닥 크기의 수정 구슬이 나왔다.

"……『마물 청소 LV1』? 그런 건 본 적이 없는데."

안경을 낀 스킬 상점 점원이 말했다.

뭐, 그렇겠지. 지금 막 만들었으니까.

"효과는…… 음, 이 양반이 말한 그대로네. 이걸 얼마에 팔겠다고?"

"12만 아르샤."

"음~."

스킬 상점 점원은 복잡한 표정을 지었다.

"실제로 효과를 보는 게 낫겠지. 빗자루 좀 빌리겠네. 그리고 혹시 해가 없는 마물이 있나?"

"마법 표적용 슬라임이라면."

그런 게 있나.

스킬 상점 점원이 가게에서 무색투명한 슬라임을 데리고 왔다.

마법으로 움직이지 못하게 고정시킨 것 같다.

우리는 가게 밖으로 나왔다.

세실이 이쪽을 보고 있다. 아까보다, 아주 조금 기대하는 얼굴로.

두 손을 가슴 앞에서 모으고, 꼭 쥐고 있다.

은색 머리카락이 떨린다. 치부도 눈동자도 예쁜 색이다. 이렇게 허름한 노예 옷이 아니라 원래 살던 세계에 있었던 하늘하늘한 옷을 입혀주면 훨씬 예쁘겠지.

세실은 나와 눈이 마주치자, 잠시 망설이더니 날 똑바로 마주 봤다.

내가 자신을 구해주려 한다는 걸 이해한 것 같다.

그리고, 아주 조금, 어색하게나마, 웃어줬다.

그래. 역시. 예쁘다.

조금이나마 멋진 모습을 보여주자.

"이 스킬에 12만 아르샤의 가치가 있는지 없는지 똑똑히 보라고."

나는 『마물 청소 LV1』을 다시 가슴 속에 집어넣고, 빗자루를 들었다.

내가 만든 스킬이다. 사용 방법은 잘 안다.

움직이지 않는 슬라임을 빗자루로 슬며시, 슥, 하고 쓸었다. 그러자——

피유—————————————————웅——————

슬라임이 날아갔다.

마치 골프 티샷처럼.

광장에 있는 사람들 머리 위를 지나, 건물 위를 넘어서.

이야~ 잘 날아간다. 생각했던 것보다.

투명해서 잘 보이진 않지만, 300 미터 정도는 날아갔겠는데. 끝내준다~.

"어떤가?!"

"……그게, 어떠냐고 하셔도 말이죠. 이걸 어디다 쓰라는 겁니까?"

노예상인은 모르겠다는 표정이다.

아, 세실이 놀랐다. 세실은 이해한 것 같네. 이 스킬을 어디다 쓰는지.

그럼, 여기서부터는 교섭이다.

"노예상인이면, 사람을 구하러 여행도 하겠지? 마물의 습격을 받을 때도 많지 않은가? 이 스킬이 쓸 만 할 텐데."

"아니, 저희도 경호원을 고용하고, 쓰러트릴 수 없는 마물이 있는 데는 가지도 않습니다."

말도 안 된다는 듯이 고개를 젓는 노예상인.

"실력 있는 친구들이 많으니까요. 굳이 이상한 스킬을 쓸 필요는——.”

“마물 정도는 싸우면 해치울 수 있다?”

“예.”

“그럼, 그 전투에 시간이 얼마나 걸리지?”

내가 말했다.

노예상인의 안색이 달라졌다.

“댁들은 마을에서 마을로 여행을 한다. 도중에서 마물과 싸우게 되면 시간을 허비하게 되지. 해질 때까지 마을에 도착하지 못하면 노숙이다. 게다가 마물한테 습격당할 위험성도 커지고. 이 스킬로 약한 마물들을 쓸어버린다면 그 시간을 단축할 수가 있지.”

나는 계속해서 말했다. 최대한 거만한 말투로.

사실 이런 건 잘 못하지만.

그래도 이쪽의 약점을 노리고 이용하려는 놈은 어디에나 있다.

나는 원래 세계에서 그런 꼴을 지겹게 봤다.

그러니까 방심하지 말자. 약점을 보이지 말자.

이쪽 세계에서도 똑같은 꼴을 당하지 않으려면.

“알겠나, 잘 들으라고. 댁들의 짐은 노예—— 인간이지. 이동 중에 마물한테 죽으면 가치가 없어진다. 다치거나 병에 걸리면 가치가 떨어지고. 시간이 걸리면 걸릴수록 그 위험도 커지지.”

“으…….”

“뭐, 솔직히 내가 팔려는 건 스킬 자체가 아니야.”

나는 다시 한 번 '마물 청소 LV1'을 꺼내고, 말했다.

"내가 팔고 싶은 건, 스킬로 단축할 수 있는 '시간'이다."

"거기에 12만 아르샤의 가치가 있을까요."

노예상인은 의심하는 눈으로 날 보고 있다.

난 이쪽 세계 초보자다. 내 편은 아무도 없다.

오래 끌면 불리하다. 빨리 끝내자.

노예상인이 내가 초짜라는 걸 눈치 채기 전에 교섭을 끝내는 게 좋다. 내가 가치에 걸맞은 상품을 제공한다는 건 스킬 상점 사람이 보증해줄 테니까.

"판단하는 건 그쪽이지. 생각해봐. 여행하는 중에 몇 번이나 마물과 마주치는지. 전투에 시간이 얼마나 걸리는지. 여행의 지연. 경호원과 자신과 노예들의 식비. 전투에서 소비되는 무기의 정비 비용과 약초 등의 치료비용. 무엇보다 여행하는 동안 낮은 레벨의 몬스터를 쫓아낼 수 있으니 안심할 수 있다는 점. 빨리 집에 돌아가서 가족과 보낼 수 있는 시간."

『계약』의 조건으로서는 불만이 없을 것이다. 이제, 마무리다.

"이러한 이익에 12만의 가치가 없다면, 다른 곳에 팔면 그만이야."

이건 『능력 재구축』으로 만들어낸 원 오프 스킬이다.

실제로 필요한 사람은 있을 테니까, 팔려면 얼마든지 팔 수 있다.

"으음……."

노예상인은 도와달라는 것처럼 스킬 상점 사람을 봤다.

"틀림없이 레어 스킬이야. 레어의 시세는 5만에서 150만 아르샤. 거기에 가치가 있는지 없는지는 사는 댁이 결정해야지."

스킬 상점 사람은 어깨를 으쓱해보였다.

"알겠습니다!『마물 청소 LV1』을 이 아이와 교환하죠!"

노예상인은 잠시 팔짱을 끼고 고민한 뒤에 겨우 고개를 끄덕였다.

좋았어!

마음속에서 승리 포즈.

갑자기 지어낸 얘기인데도 간신히 어떻게 됐네…… 다행이다…….

"그럼 정식으로『계약』을 하지."

냉정한 척 하며 말했다.

"알겠습니다. 메달리온을 부탁드리겠습니다."

"메달리온…… 아, 이건가."

이쪽 세계로 전이했을 때, 가슴에 펜던트가 나타났었지.

금색이고, 펜던트 헤드에는 수정이 박혀 있다.

사용 방법은 아까 아슈타르테가 가르쳐줬다.

이 세계에서는 이 메달리온을 써서 '계약'을 한다는 것 같다.

"『계약』의 신의 이름하에."

"서로의 합의하에 스킬『마물 청소 LV1』과『세실』을 교환한다──『계약』."

땡, 하고 부딪힌 크리스탈이 빛을 뿜었다.

동시에, 세실의 목줄이 띵, 하고 울렸고, 내 왼손에 반지가 나타났다.

붉은 색의 작은 수정 구슬이 박힌 반지였다.

주종 계약의 증거, 라는 뜻인가.

"자, 이걸로 계약은 성립됐습니다. 세실의 스킬에 대해서는 숙소에 가서 확인해주세요. 주인이라면 볼 수 있다는 건 아실 테죠."

"그래."

"역시 이 손님 초짜가 아니셨네…… 그나저나."

노예상인과 스킬 상점 사람이 탐색하는 눈으로 날 쳐다봤다.

"이 레어 스킬, 대체 어디서 구하셨습니까?"

"난 동방 나라에서 지금 막 이곳에 왔다. 이건 고향에서 이런저런 사정이 있어서 손에 넣게 된 스킬이지. 세실에 대한 건 다른 곳에서. 여행 중에 세실의 동족과 만났는데, 이 아이를 부탁하더군."

적당히 대답했다.

거짓말은 안 했고. 각색은 많이 했지만.

"그렇군요. 뭐, 또 팔고 싶은 스킬이 있으면 찾아오십시오."

"생각해보지. 그럼."

다시는 올 생각 없지만.

나는 노예상인과 스킬 상점 사람에게 손을 흔들고 그 자리를 떠났다.

신기하다는 눈으로 날 쳐다보는 세실의 손을 잡고.

이번에 사용한 스킬

'스킬 재구축 LV1'

두 개 이상의 스킬을 사용해서 내용물(개념)을 바꿀 수 있다.

작성한 스킬은 전부 '레어 스킬'이 된다.

단, 이것은 혼자서 재구축한 경우. 두 명 이상이 재구축한 경우에는—

'마물 청소 LV1'

청소도구로 낮은 레벨 몬스터를 멀리 날려버린다.

'청소도구'로 인식되는 물건이라면 사용 가능.

비거리는 300 미터 전후.

제3화 「세실의 신기한 주인님」

절 거둬주신 분은, 정말 신기한 분이셨습니다.

이름은 소마 나기── 나기 님.

'내방자'라고, 아슈타르테는 그 분을 그렇게 부릅니다.

다른 세계의 사람, 인가요. 잘 모르겠습니다.

제가 마족이라는 걸 알면서도 기분이 나쁘지 않은 걸까요.

이 세계에서 마족은 미움을 받고 있습니다.

인간의 문화에 적응하지 못했기 때문입니다.

나무와 동물에게 친구처럼 말을 걸고, 몇 시간 동안 멍하니 있는 사람이 있으면 기분이 나쁠 수도 있습니다.

저도 지금은 인간들 세계에 있어서, 그걸 알 수 있습니다.

엘프나 드워프처럼 인간의 문화에 적응하지 못한 종족.

그것이 마족입니다.

저는 마족의 최후의 한 사람입니다.

그걸 알면 다른 사람들이 싫어하니까, 다크 엘프라고 말하기로 했습니다.

이 갈색 피부와 긴 귀.

꾸밀 수 있는 종족은 그 정도입니다.

뭐, 다크 엘프도 그럭저럭 미움 받고 있지만.

그래서 저는 노예상인에게 팔린 뒤에도, 제일 어둡고 좁은 방에 들어갔습니다.

널 사가는 사람은 없을 거라고 했습니다.

다른 사람들은 전부 충분히 어른이고 예쁜 사람들이었으니까.

노예 중에는 귀족 분의 눈에 들거나, 모험자의 파트너로 활약하는 분도 있습니다. 그런 사람들은 일을 해서 보수를 받고, 그 돈으로 자기 자신을 사서 자유로워집니다.

노예라고 해도 그렇게 험한 꼴을 당하는 건 아닙니다.

하지만 그런 행복한 미래가, 저한테는 없을 거라고 생각했습니다.

말동무는 마족의 잔류사념인 아슈타르테뿐.

혼자 있을 때, 저는 항상 아슈타르테와 이야기를 했습니다.

'……아슈타르테?'

마족은 내가 마지막인 거죠? 이대로 사라지면, 안 될까요?

'아슈타르테?'

저는 왜 아직 살아있는 걸까요?

『언젠가 너와 공명하는 사람을 만나게 될 것이다.』

아슈타르테는 그렇게 말했습니다.

'그런 사람은 없어요.'

절대로, 없어요.

절 필요하다고 해주는 사람.

소중하다고 말해주는 사람.

그런 사람이, 이 세상에 있을 리가 없어요.

보세요.

전, 작아요. 가슴도 납작해요.

피부는 이렇고, 눈은 핏빛이에요. 특기인 마법도 레벨1이고.

부모님은 저한테 마법을 가르쳐주시기도 전에 돌아가셨으니까.

'아슈타르테, 괜히 기대하게 만들지 마세요.'

『언젠가, 너를 이해해줄 사람을 만나게 될 것이다.』

알았어요…… 아슈타르테. 그렇게까지 말한다면.

만에 하나―― 아니, 그보다 훨씬 적은 가능성이지만,

절 이해해주고, 저와 공명하는 사람이, 어딘가에 있다면.

저는 희망을 믿을게요.

마족의 피를 미래까지 이어갈 것을 약속할게요.

저를 마지막으로, 마족이 끝나게 하지 않을게요.

강해지겠어요. 절망만 하는 약한 저는 이제 그만 둘게요.

저와 공명하는 사람과 평생 같이 살고, 싸우고, 미래에 피를 남기겠어요.

노예 상점에 있는 동안 계속, 아슈타르테와 그런 이야기를 했던 것 같아요.

저기요, 아슈타르테. 전 잘한 걸까요?

정말로, 이 세상에, 저와 공명하는 사람은 없었어요.

보세요, 지금, 제 손을 잡고 있는 이 사람은, 다른 세계에서 온 사람이잖아요?

신기한 사람이에요.

나가지 못할 거라고 생각했던 노예 상점에서, 순식간에 절 데리고 나와주셨어요.

'주인님?'

왜 그러세요 주인님. 어라? 손을 잡아서 미안하다니, 무슨 말씀이죠?

손은 항상 깨끗이 씻으니까 괜찮다뇨, 제가 그런 걸 신경 쓸 리가 없잖아요.

전 주인님의 노예. 물건이거든요?

왜 그렇게 허둥지둥 하시는 거죠?

왜 주위를 두리번거리는 거죠?

이런 게 익숙하지 않다고요? 그렇군요.

죄송합니다. 주인님.

첫 노예가. 저라서.

저는 주인님께 맡기겠습니다.

'주인님은, 제가 기분 나쁘지 않으신가요?'

제가 묻자 주인님은 '어째서?'라고 하셨습니다.

정말, 이상한 사람이네요.

'왜냐하면 전 마족이에요.'

하아, 이세계에서 왔으니까 주위에는 온통 모르는 종족이고, 엘프도 드워프도 다크 엘프도 마족도, 한마디로 전부 똑같다고요?

게다가 인간도 꽤 무섭다고? 그런가요…….

'왜냐하면 제 피부는 이래요.'

뭐? '갈색 피부에 납작 가슴은 인류의 보물'? 의미를 모르겠어요. 무슨 주문인가요?

'왜냐하면 제 눈은 이런 색이예요.'

……멋있다고요? 마안(魔眼)? 이 세상에 그런 게 있었던가?

'왜냐하면 전…… 이 세상 속에서 외톨이에요.'

……주인님도 외톨이?

거짓말이죠. 주인님은 인간이잖아요?

아니, 다른 세계에서 몇 사람들이랑 같이 왔다고 하지 않으셨던가요?

그러니까, 노동 조건에 대해서 자세히 물어봤더니 쫓겨났다고요.

외톨이는 익숙해. 원래 세계에서도 그랬다…… 주인님도, 힘드셨겠네요.

왠지, 눈빛이 쓸쓸해 보이는 건 그것 때문일까요?

죄송해요! 나쁜 생각으로 한 말이 아니에요!

죄송합니다. 노예 주제에 할 말이 아니었어요.

"난 이쪽 세계에 아는 사람이 한 사람도 없어. 그러니까, 세실이 날 도와줘."

……저라도 좋다면.

할 수 있는 건 거의 없어요.

마법 쓰는 법을 제대로 배우기도 전에, 부모님이 돌아가셔서.

"그렇구나. 나랑 똑같네."

아닌가. 우리 어머니는 살아 있다는 것 같기는 하니까.

그저 어디 있는지 모르는 것뿐이고. 어느샌가 없어졌어.

어쨌거나, 아이를 혼자 내버려두는 건 너무했네요.

──그런 이야기를 조금씩, 조금씩, 주인님은 말해 주셨습니다.

어딘가 먼 곳을 보는 것 같은 눈빛이었어요.

다른 세계에서 온, 제 주인님은, 어쩌면, 저와 같은 걸 봐 오셨는지도 몰라요.

외로워서 손을 뻗어도 아무도 잡아주지 않는, 그런 밤을, 잔뜩.

어느새 저는 주인님의 손을, 꼭 잡고 있었어요.

…………어라라?

'아슈타르테?'

저, 지금, 공명했나요?

찡, 하고, 마음이 울렸어요.

'……아슈타르테.'

대답해주세요.

저와 공명하는 사람이, 이 주인님이 맞는 건가요?

? 제가 정하라고요?

이 사람은, 절 구속하지 않을 테니까?

어떻게, 그걸 아는 거죠?

"그럼, 세실."

"예."

"앞으로, 잘 부탁해."

저는 주인님이 내민 손을 맞잡았습니다. 악수, 입니다.

"세실 파롯?"

"예."

파롯. 최후의 마족의 패밀리 네임.

알고 있는 건 저와 아슈타르테뿐.

다른 세계에서 온 사람은 다시 한 번 그 이름을 불렀습니다.

"파롯."

저는 또다시 찡, 하고 떨렸습니다.

신기…… 해요. 왜 이러는 걸까요.

아버지와 어머니가 돌아가셨을 때, 이제 평생 누군가를 좋아하는 일은 없을 거라고 생각했는데.

하지만, 주인님의 손은 정말 상냥하고.

하지만, 주인님의 다리는 제 작은 다리가 걷는 속도에 맞춰주시고.

저는 어느샌가, 주인님 옆에 붙어서 걷고 있습니다.

주인님의, 약간 쓸쓸해 보이는 눈이, 마음에 걸려서.

눈을 뗄 수가 없어서.

혼자 두고 싶지 않아서── 혼자 남고 싶지 않아서.

제 이름을 부르는 목소리를, 더 듣고 싶어서.

……저, 왜 이러는 걸까요.

'아슈타르테.'

정했어요.

저, 이 사람을 믿어볼게요.

이 사람한테서 저와 똑같은 것이 느껴져요.

그냥 둘 수가 없어요.

이 사람도 저와 마찬가지로, 이 세상 속에서 외톨이예요.

저를 이끌어주는…… 이 손을 놓으면 안 될 것 같아요.

외톨이가 돼버린 이 사람이 부모님처럼 죽어버리면, 저는 죽을 때까지 후회할 거예요.

……어쩔 수 없네요.

『계약』을 맺었으니까.

세상에 한 사람 정도, 주인님께 한 눈에 반해버리는 노예가 있어도 되겠죠.

그리고 만약, 제 손을 잡아주는 이 사람과 공명할 수 있다면.

저는, 이 사람을 위해서, 죽어도 좋아요.

그건 틀림없이, 정말로 기분 좋은 일이겠죠. 그쵸, 아슈타르테.

"소마 나기…… 나기 님?"

"응, 세실."

저는 그 사람의 손을 잡고, 걸어갑니다.

새로운 곳으로.

만약, 이 사람이 믿을 수 있는 사람이라면.

이 사람…… 나기 님을 위해, 제 모든 것을 바쳐도 되겠죠?

'그렇죠, 아슈타르테?'

제, 보이지 않는 친구가, 웃어준 것 같습니다.

저를 다른 곳으로 안내하고 사라지게 될 친구, 아슈타르테.

'고마웠어요. 아슈타르테.'

제4화 「목표는 '일하지 않아도 살아갈 수 있는 스킬'」

노예는 숙박 인원으로 계산하지 않는다.

주인의 물건 취급이라서, 방을 따로 잡을 수가 없다는 것 같다.

그래서 우리가 들어간 곳은, 2층 구석에 있는 1인실이었다.

"빚은 갚았어, 아슈타르테. 만족했어?"

『축복한다.』

멀리서 울리는 것 같은, 희미한 목소리가 돌아왔다.

『세실과…… 그대.』

"나기―― 나기야. 소마 나기."

『나기와 세실의 미래를 축복한다. 행복하게 해주기를…… 바란다…….』

목소리가 천천히 사라져갔다.

마지막으로 아슈타르테는 내 고유 스킬 『능력 재구축』에 대해 가르쳐줬다.

『능력 재구축 LV1』

· 스킬의 개념을 재구축해서 새로운 스킬을 만들어낼 수 있다.

· 스킬은 '……'가(에게) '……'을(를) '……'한다 같은 문장으로 표현된다.

· 재구축에는 최소한 두 개의 스킬이 필요하다.

· 재구축한 스킬은 원래 레벨과 상관없이 LV1이 된다.

· 일단 『능력 재구축 LV1』으로 재구축한 스킬은 두 번 다시 재구축할 수 없다.

재구축한 스킬이 LV1이 된다는 건 납득했다.

예를 들어서 높은 레벨의 '드래곤'에게 '무기'로 '대미지를 준다' 스킬을 LV1의 '청소'와 조합해서, '드래곤'을 '청소도구'로 '깨끗이 치워버린다' 같은 스킬을 만들어버리면 엄청난 일이 벌어진다. 우주의 법칙이 흐트러진다.

그리고, 여기서부터가 중요하다.

· 재구축할 수 있는 것은 본인이 소지한 스킬과 계약 하에 있는 노예의 스킬 뿐.

· 스킬이 주인과 노예 각자의 체내에 있는 상태에서 재구축하면, 보다 고성능의 스킬로 변화할 가능성이 커진다. 이것은 서로의 마력이 혼합되면서 발생하는 특수 효과에 의한 것이다.

『능력 재구축 LV1』은 노예를 소유하는 걸 전제로 한 스킬이다.

조작할 수 있는 건 내 스킬과 노예의 스킬.

그리고 이 스킬의 제일 큰 장점은, 자신과 노예의 스킬을 조합

하면 특수 효과로 엄청난 스킬로 변화한다는 점.

나 혼자서 '재구축'했는데도 그 정도 스킬이 나왔다.

둘이서 하면, 얼마나 강력한 스킬이 되는지.

즉 '능력 재구축'을 하려면 내 스킬을 조작하거나, 어디선가 다른 스킬을 손에 넣거나, 그리고—

……세실의 스킬을 조작할 수밖에 없다는 뜻이다.

나는 바닥에 가만히 앉아 있는 세실을 봤다.

의자나 침대에 앉아도 된다고 했는데.

허리를 곧게 펴고, 긴장한 얼굴로 날 빤히 쳐다본다.

"저기, 얘기 해도 될까."

"아, 예."

깜짝 놀라고, 앉은 채 고개를 끄덕이는 세실. 귀가 위 아래로 뿅뿅 움직인다. 귀엽다.

"아슈타르테는 사라진 것 같은데, 괜찮아?"

"예……."

세실은 작은 가슴에 손을 얹고, 길게 숨을 내쉬었다.

"괜찮, 아요. 언젠가 이런 날이 올 거라고 했었으니까……."

세실에게 아슈타르테는 수호신 같은 존재였던 것 같다.

마족의 생존자였던 세실의 가족은 산속에 숨어서 살고 있었다.

하지만 2년 전에 인간들의 전쟁에 휘말려서 가족들이 죽었다.

노예상인에게 팔렸고, 그 뒤로는 아슈타르테의 목소리만이 세실의 유일한 희망이었다.

"언젠가, 널 소중하게 여겨줄 사람을 찾아다줄 거라고, 아슈타르테가 말했어요. 거리에서 거리로 이동할 때마다, 이번에야말로…… 이번에야말로, 라면서. 저는 더 이상 믿지 않았지만…… 그랬지만."

세실의 새빨간 눈에서 눈물이 흘러나왔다.

"겨우 아슈타르테가 인정해준 사람을 만났어요. 앞으로 잘 부탁드려요. 주인님."

"주인님이라고 부르지 말고."

이런 납작 가슴 엘프계 미소녀한테 그런 말을 들으니 범죄자가 된 것 같은 기분이다.

"그냥 나기라고 해줘."

"예, 나기 님!"

세실은 띠링, 소리가 울리는 목걸이를 사랑스럽다는 듯이 쓰다듬었다.

"좀 늦은 것 같지만 자기소개. 난 나기. 이쪽 세계 방식이면 나기 소마라고 해야 하나. 아슈타르테한테 들었겠지만, 다른 세계에서 온 '내방자'야."

"세실 파롯입니다…… 그러니까, 마족, 이에요."

세실은 우물쭈물하며,

"나기 님. 괜찮으시다면 제 이름 중에 '파롯'은 비밀로 해주세요."

"나야 괜찮지만, 어째서?"

"마족의 패밀리 네임은 정말로 친한 사람한테만 가르쳐주는 법이거든요. 그러니까, 누가 부르면, 좀 간질간질해요."

"음, 알았어. 세실 파롯."

"하으."

"괜찮아. 비밀로 할 테니까, 세실 파롯."

"히앙."

"절대로 말 안 할게. 세실 파——."

"나기 님……."

세실은 무릎을 비비면서, 원망하는 눈으로 날 쳐다봤다.

미안. 왠지 재미있어서.

"아무튼. 다른 세계에서 왔다고 나쁜 짓은 안 할 테니까 안심해도 돼. 약속할게."

"……아, 예. 나기 님은 절 구해주셨어요. 그러니까, 믿어요."

다행이다.

둘 다 이쪽 세계에 아는 사람이 거의 없으니까, 서로 협력해야지.

"그런데 나기 님은 정말 대단해요. 나기 님은 레어 스킬을 팔아버릴 정도로 많이 가지고 계신가요?"

"그건 내 고유 스킬로 만든 거야."

"훨씬 대단해요! 레어 스킬을 만들다니, 보물 산을 가지고 있는 거나 마찬가지잖아요!"

"아니, 이제 레어 스킬은 팔지 않을 거야."

"……어째서요?"

"내가 레어 스킬을 마음대로 만들 수 있다는 게 들키면, 귀찮아질 것 같아서."

이번에는 '동방에서 왔다. 레어 스킬은 우연히 손에 넣었다' 로…… 아마도, 납득했다.

그런 방법을 쓸 수 있는 건 한 번뿐이다.

같은 사람이 몇 번이나 레어 스킬을 팔러 오면, 아무래도 눈에 띈다.

게다가 이 세계에서는 스킬은 고사하고 인간까지 사고판다.

나는 이쪽 세계에 대해 아직 잘 모른다.

함정에 걸려서 『능력 재구축』을 팔기라도 하면, 그걸로 끝장 이다. 나는 일반인보다도 못한 존재가 돼버린다. 그 뒤에는 최 악의 경우, 나 자신이 노예로 팔려버릴 수도 있다.

"만든 레어 스킬을 파는 게 아니라, 그걸 살려서 돈을 버는 게 더 좋아. 가능하다면 일하지 않아도 돈을 벌 수 있는 스킬을 만 드는 게 제일이야."

"나기 님의 목적은 평범하게 행복한 생활을 하는 것, 이었죠."

"응. 하지만, 그게 전부가 아냐."

내, 이 세계에서의 진짜 목적을.

바닥에 앉아 있는 세실은 숨죽이고 대답을 기다리고 있다.

내 목적, 그것은,

"저연비 고출력. 최소한의 노력으로 최대한의 성과를. 무리 하지 않고, 최대한 진심을 발휘하지 않고 이 세계에서 평범하게 살아가는 거야."

"······나기 님, 지금, 뭐라고?"

"능력은 숨긴다. 누가 일을 의뢰해도 함부로 '할 수 있다'는 말은 안 해. 보수가 많을 것 같은 일을 찾아서 클리어하고 돈을 모으고, 그 다음에는 거의 일하지 않고 살 수 있는 방법을 생각할 거야."

"기껏 엄청난 스킬이 있는데도, 요?"

"함부로 '이거 할 수 있어요'라고 말하면 끔찍한 꼴을 당한다고······."

예전에 아르바이트 했던 곳에서 '컴퓨터 잘 해요'라고 했던 게 실수였다.

원래 간단한 일만 하려고 들어갔는데 어느새 전표 입력에 계산까지 하게 됐고, 컴퓨터를 잘 하면 홈페이지도 만들라고 해서 내 돈으로 책까지 사서 그럭저럭 볼만한 페이지를 만든 다음에 이만하면 됐겠지 싶어서 그만두려고 했더니 "그럼 이거 업데이트는 누가 하는데?! 근무처에 폐를 끼치지 않는 건 사회인으로서 기본 아냐?! 앙!" 이라고 협박한데다 "그만두려면 홈페이지 업데이트를 못하는 위자료로 아르바이트비 2배의 금액을 청구하겠다"는 영문 모를 소리를 한데다, 출근을 거부했더니 휴대전화가 쉴 새 없이 울려대고 집까지 쳐들어왔다.

노동청에 상담한다고 했더니 그만두기는 했지만, 그쪽이 마지막으로 한 대사가 "비겁한 놈! 쓰레기 같으니!"였다. 대체 뭔 소린지.

"······나기 님은 마왕이 지배하는 세계에서 오셨나요?"

세실이 깜짝 놀랐다.

내가 있던 곳은 일단은 문명 세계인데.

"아무튼, 남을 기쁘게 해주겠다고 깜박 100%의 힘을 보여주면, 상대는 그게 당연하다고 생각하게 되는 법이야. 그러는 사이에 거기에 익숙해져서 120%를 요구하게 되지. 거기에 계속 응하다보면 언젠가 한계가 와. 사람은 40%의 정도 능력을 보여주는 게 제일 좋아."

이것만은 양보할 수 없다.

능력은 감추고 힘은 보여주지 않고, 나머지는 머리를 써서 헤쳐 나간다.

어떤 치트 스킬이건, 사람들은 익숙해지게 되니까.

"내가 사는 세계에 이런 얘기가 있어."

수명을 다 할 때까지 사는 건 쓸모없는 나무다.

곧은 나무는 잘려서 가구가 된다.

열매가 열리는 나무는 가지를 꺾어서 가지고 간다.

기름기가 많은 나무는 베어서 장작으로 쓴다.

최대한 남에게 도움이 안 되는 것처럼 보여라.

그러면 어떻게든 평화롭게 살 수 있을 것이다.

"한마디로 '힘을 숨기고 쓸모없는 척 하면서 세상을 헤쳐 나가라'는 뜻이야."

"예에……. 나기 님이 하는 말인데도, 그렇게 멋있지가 않네요."

"한마디로 '무위자연해서 천하를 즐겨라'는 말이야."

"갑자기 왠지 멋있게 들렸어요! 어라? 어라라······?"

세실이 눈을 반짝거리면서 감동하고 있다.

말은 참 중요한 거야.

"그러니까, 그러려면 먼저 이 세계에 대해서 알아둘 필요가 있어."

겨우 이야기가 제자리로 돌아왔다.

내가 세실을 산 것은, 아슈타르테의 부탁 때문만이 아니다.

이쪽 세계에 대해 잘 아는 사람이 곁에 있어줬으면 싶었기 때문이다.

내 목적은 '저연비로 평범하게 살아가는 것'이지만, 애당초 나는 이 세계에서 평범한 생활이라는 게 어떤 것인지 자체를 모른다.

지금 알고 있는 건 화폐 가치와 계약, 스킬의 존재 정도다.

그래서 세실의 지식이 중요해진다.

"마왕이나 마물이 있으니까, 이 세계에는 그 놈들과 싸우는 모험자도 있겠지."

"예. 평범하게 있죠. 병사들하고 달라서, 좀 더 보통 사람들과 가까운 일을 해주는 사람들이에요."

응, 예상대로네.

"그럼, 우리도 모험자가 되자."

내가 말하자 세실이 고개를 끄덕였다.

"메리트는 둘. 퀘스트를 처리하면서 이 세계의 지리와 사람들의 생활, 문화를 알 수 있어. 또 하나는 우리의 스킬을 살릴 수 있다는 점이지. 최대한 편하게 돈을 벌 수 있는 퀘스트를 하고, 먹고 살 수 있게 되면 그 다음 일을 생각한다── 어때?"

"나기 님…… 다른 세계에서 오셨는데도 현실적이네요."

"그야 뭐, 원래 세계에서 무시당하고 블랙 아르바이트를 하면서 단련했으니까."

"잘은 모르겠지만, 많이 힘드셨군요……."

"그건 세실도 마찬가지잖아."

뭐…… 이렇게 서로 위로해봤자 소용없는 일이지만.

"그런데, 역시 모험자 길드 같은 것도 있고?"

"예."

"그럼 이 왕도에서 제일 가까운 큰 거리 중에서, 길드가 있는 곳을 가르쳐줘. 그곳이 우리의 다음 목적지야."

왕도에는 오래 있고 싶지 않다.

첫 번째 이유로, 내가 왕한테 찍혔을 가능성이 있다.

쫓아내기는 했지만 나는 다른 세계의 인간이다.

저쪽도 내가 어떤 치트 스킬을 가졌는지 모른다.

왕도 감시하는 사람 정도는 붙여두고 싶겠지.

둘째로 노예상인과 스킬 상점에게 레어 스킬을 보여줬다는 점.

그 녀석들이 내 정체를 알게 되면, 레어 스킬을 만드는 스킬의 존재도 눈치챌 수 있다. 그게 아니더라도, 내가 다른 레어 스킬을 가지고 있을지도 모른다고—— 그렇게 생각할 수도 있겠지.

일단은 이곳을 벗어나서, 다른 큰 거리에서 다시 시작하는 게 제일 좋을 것 같다.

"알겠습니다."

세실은 이해가 빨라서 좋다.

생각해보면 노예상인과 교섭할 때도, 세실은 내 생각을 제일 먼저 눈치 챘다.

그것은 마족의 특성일까, 아니면 세실의 능력일까.

나중에 스킬과 패러미터도 가르쳐달라고 해야겠다.

"왕도에서 제일 가까운 거리라면 역시 메테칼이겠죠. 여기서 동쪽으로 이틀 동안 걸어가면 나오는 성채 도시고, 큰 모험자 길드가 있어요. 상업도시 메테칼이라고 하면 다른 나라에서도 유명하고, 그 규모 덕분에 영주 분이 독자적인 자치권을 지녔다고 들은 적이 있어요."

"그럼 거기로 가자."

"저기, 주인…… 나기 님."

세실은 바닥에 앉은 채, 나를 올려다봤다.

우와, 왠지 오싹오싹 한데.

"어째서 저를, 그렇게 믿어주시는 거죠?"

세실이 작은 가슴에 손을 얹고, 날 똑바로 보면서 물었다.

"다른 세계에서 온지 얼마 안 되셨잖아요? 임금님께 쫓겨나고, 같은 세계 사람들한테도 험한 꼴을 당하셨는데, 어째서 저만…… 그렇게."

"어라? 노예 계약상, 세실은 내 명령에 거역할 수 없는 게 아니었나."

"그건 반지의 힘을 써서 명령하는 경우에만 해당돼요."

그랬던가.

내 왼손 약손가락에는 세실과 계약했을 때 생긴 반지가 끼워져 있다.

이걸 만지면서 명령하면, 노예는 주인에게 거역할 수 없다는 것 같다.

"제가 거짓말을 해서 나기 님을 속일 거라는 생각은 안 하시나요?"

"뭐, 솔직히 아슈타르테한테는 빚을 졌고, 같이 행동하는 세실이 나한테 가짜 정보를 준다고 도움이 될 게 없을 테니까."

계약상 세실은 나한테서 도망칠 수 없다.

그리고 나를 의도적으로 상처 입힐 수도 없다.

『계약 해제』의 조건은 내가 세실을 다른 사람에게 양도한다는 『계약』을 하거나, 내가 죽을 때까지.

아니면 세실이 12만 아르샤를 지불할 때까지.

이것은 세실이 일하는 만큼 상쇄하게 된다. 같이 모험자 퀘스트를 하면 보수를 분배하고, 세실의 몫을 12만 아르샤를 지불하는 쪽으로 돌리는, 그런 방식이다.

물론 세실이 현금이 필요하다고 하면 줄 수도 있다.

한마디로 당분간 세실은 나와 같이 있어야 한다.

그래서 일일이 의심할 필요는 없다고 생각하는데…….

"하지만 그렇게 묻는다면…… 믿는 이유는……."

내방자인 나와 외톨이 마족 세실.

태어난 세계는 다르지만 우리는 왠지 닮은 것 같다. 그건—

"우리가, 아무것도 짊어지지 않았기 때문일까?"

"……짊어지지 않았기, 때문에?"

"왕도, 전에 살던 세계에 있던 아르바이트 치프…… 높은 사람도 그렇지만, 조직을 뒤에 짊어지고 있는 사람들은, 외부의 사람들을 꽤 이용해먹거든…….'

조직을 지키기 위해서라는 변명을 하면서.

왕도 국민을 지키겠다는 이유로 '밖에서' 소환한 우리를 이용하려고 했다.

"세실도 나도 외톨이고, 아무것도 짊어진 게 없잖아. 살아남는다는 목적도 일치했고. 그러니까, 믿을 수 있다고 생각했어."

"나기님……."

세실은 바닥에 앉은 채 얌전히, 고개를 숙였다.

"고맙습니다! 저, 열심히 할게요."

"응. 그럼 바로 부탁할 게 있는데."

이야기가 어느 정도 정리됐을 때, 내가 말했다.

"저기 있는 침대에 앉아줄래. 내가, 네 몸을 좀 만져보고 싶거든."

제5화 「첫 공동작업」

물론 이상한 의미가 아니거든?

『능력 재구축』의 효과를 확인하려는 것뿐이야.

주인인 내가 노예인 세실의 스킬에 간섭할 수 있는지.

그리고 우리 둘의 공동작업으로——라고 하니까 왠지 야하네——한마디로 두 사람의 마력을 섞어서 '능력 재구축'을 쓰면 어떤 효과가 있는지.

이 『능력 재구축』은 나만 가진 스킬, 한마디로 생명줄 같은 것이다.

최종 목표인 '일하지 않아도 살아갈 수 있는 스킬'을 만들기 위해, 시스템과 효과를 완전히 이해해둬야 할 필요가 있다.

"예…… . 나기 님, 그렇게 하세요."

5초 정도 생각하고, 세실이 말했다.

침대에 앉아 있는 내 옆으로 와서, 긴장한 얼굴로 앉았다.

아마 주인은 노예의 능력치를 마음대로 볼 수 있다고 했었지.

이 경우에는 스킬만 보면 되니까—

"『계약』의 이름으로 스킬을 개시(開示)한다."

세실 옆에 창이 열리고, 스킬 목록이 표시됐다.

고유 스킬 『마법 적성 LV3』

통상 스킬 『고속 영창 LV1』 『마법 내성 LV1』 『마력 탐지 LV1』 『감정 LV2』 『동물 공감 LV3』

습득 마법 『화염 마법 LV1』

"……실망하셨죠, 나기 님."

"왜?"

"저, 할 수 있는 게, 없어서."

"마법을 쓸 수 있는 것만 해도 대단하잖아. 난 전투계 스킬이 거의 없으니까, 마물과 싸울 때는 세실만 믿으려고 하는데."

"하, 하지만, 마법을 쓰는 건 마족이니까 당연한 거예요. 저 같은 건…… 부모님께 마법 쓰는 법을 배우지 못해서…… 자랑할 게 하나도……."

아, 풀이 죽었다.

착실하구나. 세실은.

그렇게 신경 쓸 필요는 없는데…… 하지만,

"그렇다면 세실이여. 주인인 내가 네가 자신을 갖게 해주마."

"예……?"

"지금부터 『능력 재구축』으로 세실의 스킬에 간섭할 거야. 잘만 하면 '재구축'으로 마법 스킬을 강화할 수 있을지도 몰라. 나를 믿을지는 세실한테 달렸어."

"부탁드릴게요."

작은 주먹을 꼭 쥐고, 세실이 말했다.

"나기 님 손으로, 새로운 저로 바꿔주세요."

"잘 했어. 그래야 내 노예지."

"나기 님……."

'능력 재구축'을 사용하는 방법은 아까 아슈타르테한테 배웠다.

세실한테 부담이 안 가면 좋겠는데…… 아무튼, 해 볼까.

"발동──『능력 재구축』."

나와 세실 사이에 창이 열렸다.

내 쪽에서 재구축 할 수 있는 스킬은『검술 LV2』와『분석 LV1』과『이세계 회화 LV5』.『이세계 회화』는 이쪽 세계에서 살아가는 데 꼭 필요한 것.

모험자가 되려면『검술』도 있는 게 좋으려나.

나는『분석 LV1』을 창에 세팅했다.

『분석 LV1』

(1)「주위 상황」을「자세히」「조사하는」스킬

개념이 표시됐다.

응. 대충 예상했던 대로네.

세실의 스킬 중에 쓸 만 한 것은『고속 영창 LV1』이려나.『마법 내성 LV1』『마력 탐지 LV1』은 그냥 두자. 방어 중시로.

"괜찮겠어…… 세실."

"예…… 부탁드려요. 나기 님."

세실이 고개를 끄덕였다.

나는 세실의 가슴에 손을 얹었다.

말캉, 한 감촉.

보기와 다르네. 여자답게 부드러운 가슴이었다.

아슈타르테가 두 사람의 스킬을 섞을 때는 이렇게 해야 한다고 했는데── 엄청 긴장된다. 숨이 거칠어질 것 같은데……나, 떠는 건 아니겠지. 세실이 다치지 않게, 천천히. 그리고, 세실이 불안해하지 않게── 좋아, 시작하자.

나는 흐읍, 하고 숨을 들이쉬었다.

세실 안에 '나'를 넣어서, 소중한 것을 꺼내는 이미지.

"아…… 아아…….."

"괜찮아?"

"괜, 찮아요…… 큭, 아."

세실이 괴로워하는 것 같은 소리를 냈다.

"아…… 뭐, 뭐죠…… 이거…… 뭐야. 뜨거…… 워요."

내 손에서 전해지는 열기가 세실의 몸속을 누비는 게 느껴진다.

주종계약을 맺은 상대의 스킬에 간섭하는 『능력 재구축』의 고유 효과다.

마력이 세실의 몸을 촉수처럼 휘감으며, 스킬 속으로 들어가려고 한다.

"자, 잠깐만…… 요…… 뭐야…… 아…… 아아아."

잡았다.

『능력 재구축』 창에 세실의 『고속 영창 LV1』이 표시됐다.

『고속 영창 LV1』

(2)「주문」을 「고속」으로 「영창하는」스킬

"허억…… 아…… 아아…… 아."

"정말 괜찮아, 세실."

"괜찮아, 아요."

세실은 땀에 흠뻑 젖어 있었다.

가슴에 손을 얹고, 뜨거운 숨을 쉬며, 그런데도 미소를 지으며 날 보고 있다.

"왠지…… 기뻐요……. 나기 님…… 아……."

나와 세실은 『능력 재구축』 스킬을 통해서 하나로 맺어져 있다.

어느새 나도 호흡이 빨라져서, 세실의 호흡과 맞추고 있었다.

동시에 심장 고동도 쿵, 하고 울리고 있다.

"그럼, 계속한다."

내가 말하자 세실은 고개를 끄덕였다.

책임이 큰데.

세실의 스킬을 헛되게 할 수는 없다.

고속 영창에 걸맞은 스킬을 만들어야지.

그렇다면…… 이거려나.

『고속 영창 LV1』의 글자를, 세실 안에서 천천히 뽑아냈다.

약간 저항은 있지만, 움직일 수 있다. 힘을 줄 때마다 "으응……!" 하는 소리를 낸다. 신중하게 하자…… 좋아, 움직였다.

나는 그것을 『분석 LV1』에 끼워 넣었다.

"헉…… 아…… 아, 응. 아…….”

(1)「주위 상황」을「고속」으로「조사하는」스킬

문자가 바뀌었다.

"하으…… 아…… 아앙.”

이번엔 『분석 LV1』에서 꺼낸 글자를, 세실 안으로 집어넣었다.

천천히. 시간을 들여서. 세실을 망가트리지 않게.

(2)「주문」을「자세히」「영창하는」스킬

"앙! 아, 아…… 아앙…… 아…… 아앙!”

글자에 간섭할 때마다 세실이 달콤한 소리를 흘린다.

글자가 톡, 하고 부딪힐 때마다 세실의 등이 움찔, 하고 떨린다.

마력이 세실과 나를 연결해주고 있는 건데, 왠지 내가 직접 세실의 몸을 더듬어대는 것 같은…… 이상한 기분이 든다.

글자 교체를 마친 순간, 세실의 몸이 크게 흔들렸다.

하얀 옷이 흘러내려서 쇄골 아래쪽까지 드러났다.

작은 가슴이 엄청난 기세로 뛰고 있다. 가슴 끝부분의 뾰족한 부분이 —— 딱딱해진 게 느껴진다. 내가 손을 살짝 움직이기만 해도 작은 몸이 움찔, 하고 반응한다. 세실은 안타까운 표정으로 눈을 꼭 감고, 허벅지를 서로 비비고 있다.

세실의 땀 냄새.

귀를 간질이는 숨결 때문에, 내 머리까지 어지럽다.

세실은 그대로 내 몸에 기대서 쓰러질 것 같다.

체력이 한계에 달한 것 같다. 빨리 끝내야지.

나는『능력 재구축』을 **실행**했다.

"『능력 재구축』―― 완료!"

"아―――아앙!"

한계라고 생각했던 세실이 고개를 뒤로 젖히며 큰 소리를 냈다.

가슴을 손으로 누르며 움찔, 하고 다시 한 번, 작은 몸이 흔들렸다.

이번엔 정말로 체력이 다 떨어진 것처럼, 침대 위로 쓰러져서 축 늘어졌다.

새빨간 눈에, 눈물이 고여 있다.

"괘…… 괜찮아?!"

스킬은 이렇게 쓰면 되는 건데, 혹시 뭔가 잘못했나……?

"미, 미안해! 세실한테 이렇게 부담이 가는 줄은 몰랐어."

"괜찮…… 아요……."

이번『스킬 재구축』이 만들어낸 스킬은 두 개.

『고속 분석 LV1』: 주위 상황을 재빨리 분석한다. 빨라진 만큼 효과 범위는 감소. (UR(울트라 레어))

『고대어 영창 LV1』: 주문을 옛 언어(고대어)로 영창한다. 영창 속도는 통상보다 느려지나, 그 대신 위력이 대폭 증가한다. (UR)

이게 새롭게 변한 세실의 스킬이다.

"고대어 영창이라니……?"

"저희 마족이 쓰던 마법 언어예요…… 지금은, 쓰는 사람이 없지만."

땀에 젖은 손으로 내 손을 잡고, 세실이 말했다.

"지금 사용되는 주문은, 속도를 높이기 위해서 문법을 간략화했어요. 저, 조상님들의 마법을 쓸 수 있게 됐네요……."

그런 얘기인 것 같다.

「주문」을 「자세히(지금은 간략화 된 문법을 원래대로 되돌린 옛날 언어로)」 「영창한다」는 건가. 이것이 나와 세실의 스킬과 마력을 합쳐서 태어난, 고등 스킬이다.

나 혼자서 스킬을 재구축하면 레어가 되고, 세실과 같이 재구축하면 울트라 레어가 된다고 생각하면 이해하기 편하려나.

그나저나, 『능력 재구축』 이거 의외로 제멋대로네.

"고맙습니다…… 나기 님."

"혹시…… 울어……?"

"기뻐서요. 저는 마족의 마지막 생존자고, 부모님께 물려받은 게 아무것도 없었다고 생각했는데…… 제 안에서, 이렇게 엄청난 걸 끄집어내 주시다니."

세실은 두 팔로 내 몸을 꼭 안아줬다.

"역시 나기 님은, 제 주인님이에요."

반은 실험한다는 생각이었는데.

뭐, 세실이 좋아하니 잘 됐네.

"저…… 열심히 할…… 테니까…… 계속…… 같이…… 있게……."

털썩.

세실은 그대로 잠들어버렸다.

이런, 나도 졸리다.

생각해보니 오늘이 이세계 첫날이었다. 그런데 너무 열심히 일했다.

세실이 자는 지푸라기 침대의 빈자리에 누웠다.

……여자아이랑 같은 자리에서 자는 건 태어나서 처음이다. 갈색 피부에 작은 여자아이고, 입은 건 옷을 이리저리 덧댄 누더기 같은 옷. 크게 벌어진 가슴팍 사이로 이런저런 게 안 보일 것 같으면서 역시 보이…… 지만, 지금은 아무 느낌이 없다.

사람은 너무 피곤해지면 기본적인 욕구도 느끼지 못하게 된다.

내일이면…… '아 젠장 꿈'하면서 울겠지. 아마 엄청 울 거야.

하지만, 지금은, 졸려…… 미치겠…….

으으.

잘 자, 이세계.

제6화 「고대어 마법으로 왕도를 탈출하다」

눈을 떴을 때, 주위는 아직 어슴푸레했다.

시계가…… 없네. 누워있는 곳은 지푸라기 침대. 옆에는 목줄을 찬 세실. 좋았어, 이세계다.

……왠지 시끄러운데.

그래서 눈이 떠졌나…….

판타지 세계의 여관은 차음성이 영 아니다. 처음 알았다.

일단 그럭저럭 괜찮은 곳으로 골랐는데.

벽은 벽돌이지만 바닥은 목조고.

"문을 부수고 일제히 뛰어들자" "상대는 뭔지 모를 레어 스킬을 가졌다" "자고 있으니까 괜찮아" "돈줄" "묶어서 『계약』만 하면 평생 놀고먹는다"는, 살벌한 소리가—— 잠깐만.

"세실, 일어나!"

"나기…… 님? ……앗."

벌떡 일어난 세실이 내 앞에 엎드려서 고개를 숙였다.

"죄송합니다! 주인님과 같은 침대에서, 게다가 주인님보다 늦게 일어나다니?!"

"그건 됐고, 빨리 짐 챙겨. 여기서 나가자!"

"예."

세실은 바로 일어났다.

긴 귀는 그냥 모양이 아닌 것 같다.

문 너머에서 들려오는 목소리가 노예상인과 스킬 상점 사람

목소리라는 것을, 세실도 눈치챘다.

짐은 어제 여기에 묵자마자, 언제든지 출발할 수 있게 준비를 해 놨다.

어차피 오늘 아침 일찍 왕도에서 나갈 생각이었으니까.

"준비 다 됐어요!"

"좋았어, 그럼 이쪽으로."

일단 문에 의자를 기대서 열리지 않게 막아놓고, 나와 세실은 벽 쪽으로 갔다.

창문은—— 천장 쪽에 작은 게 하나 있다.

세실은 나갈 수도 있겠지만 난 무리다.

"쳇…… 안 열리잖아! 눈치 챘다. 얘들아!"

덜컥덜컥, 문이 흔들린다.

"젠장. 혹시 재미 보는 중인가? 주인님이 여자로 만들어줬냐, 세실!"

"…………아직이죠? 나기 님."

"뭐가 '아직'인데?!"

왜 눈을 반짝거리는 건데?! 그럴 예정 없어! 아마도, 틀림없이, 지금은!

나도 모르게 한 마디 하며, 벽을 더듬었다.

얇은 벽돌 벽. 구석에 있는 방이니까 벽 너머는 밖이다.

숙소에 묵기 전에 위치는 확인해뒀다. 아마 이쪽에 가로수가—

"손님, 실례하겠습니다."

문이 부서졌다.

들어온 사람은 키가 작은 노예 상인과 안경을 쓴 스킬 상점 점원. 그리고, 곤봉을 들고 있는 덩치 큰 남자들이었다.

"아침 댓바람부터 죄송합니다. 그쪽이 가지고 계신 레어 스킬에 관심이 있어서 말이죠. 가능하다면 다른 스킬도 매입할까 합니다. 뭐, 거칠게 굴지는 않겠습니다. 같이 장사를 해보고 싶은데, 가능하다면 그쪽이랑『계약』── 야, 내 말 들어!"

"무서워서 싫어."

좋았어, 튀자.

나는 벽을 향해 스킬을 발동했다.

"『건축물 강타』!"

콰앙!

벽돌 벽에 구멍이 났다.

"도망치자 세실!" "예, 나기 님!"

우리는 구멍을 통해 밖으로.

가로수 가지를 붙잡고── 으아, 무서워. 부러지겠다. 잠깐, 부러진다고? 안 돼, 큰일이다!

"나기 님, 제가 받아드릴게요!"

먼저 내려간 세실이 두 팔을 벌렸다.

"그건 무리지!"

에잇.

나는 가지를 잡은 손을 놨다. 몇 미터를 수직 낙하. 착지── 찌잉, 다리가 저리다. 하지만, 참았다.

벽에 난 구멍으로 노예상인 일당들이 이쪽을 보고 있다.

저 놈들이라면 구멍으로 나올 수 있을지도 모른다. 하지만 덩치 큰 남자들은 무리고.

"봤나요, 나기 님의 힘을!"

세실이 작은 가슴을 내밀고, 노예상인 일당을 올려다봤다.

"제 주인님은 대단해요! 더 이상 쫓아오면, 나기 님의 주먹이 당신들 몸에 바람구멍을 내버릴 거예요!!"

아니, 그건 무린데.

『건축물 강타 LV1』: 방의 벽이나 내장재에 강력한 대미지를 준다. 파괴 특성 '벽돌' '나무 벽'

그런 이유로, 대인 파괴력은 제로입니다요.

"가자, 세실!"

나는 세실의 손을 잡아끌며, 동도 트지 않은 거리를 달려 갔다.

"젠장, 끈질기네!"

이쪽은 지리 감각이 없다.

나는 어제 막 소환됐고, 세실은 계속 노예 상점 안에 있었다.

쫓아오는 사람은 이 동네 주민이다. 큰길도 골목길도 다 꿰고 있는.

좁은 길로 도망치면 못 찾을 줄 알았는데, 오히려 앞뒤에서 포위당했다.

"왼쪽에서 두 명, 오른쪽에서 두 명이."

주위는 벽돌로 건물 주택지.

문이 열린 집이 하나, 둘.

집안으로 들어가도 의미가 없다. 구석에 몰리면 끝장이다.

『건축물 강타 LV1』은 벽을 파괴할 수는 있지만, 인체에는 대미지를 못 주니까…… 아냐, 잠깐?

"세실, 잠깐만."

"아, 예."

나는 세실의 손을 잡고 가까운 건물 속으로 숨었다.

그리고,

"『고속 분석』."

스킬을 발동.

고속 분석은 「주위 상황」을 「재빨리」 「분석한다」.

효과 범위가 좁기는 하지만, 바로 코앞까지 쫓아온 놈들 정도는 포착할 수 있다.

벽돌 벽에 겹쳐진 모양으로 창이 열렸다.

'덩치 큰 남자 1'과 '덩치 큰 남자 2' ──알 수 있는 건 그것 뿐.

하지만 창의 움직임을 통해서 그 놈들의 위치는 알 수 있다.

아, 왔다. 바로 벽 너머에 있다.

타이밍을 맞춰서── 하나, 둘.

"『건축물 강타』!"

콰앙!

벽돌 벽에 큰 구멍이 났다.

날아간 벽돌이 벽 너머에 있던 남자들을 쓰러트렸다.

반대쪽에서 오던 남자들의 움직임이 멈췄다.

"'쫓아오지 마'라고 했을 텐데. 세실이 경고한 걸 못 들었냐?"

씩, 대담하게 웃으면서 위협해주고.

"자, 이쪽이다 세실."

"나, 나기 님?!"

남자들이 주춤한 틈에 골목길에서 탈출.

우리는 큰길을 향해서 뛰었다.

"역시 힘을 숨겨두고 계셨군요! 남자들을 건물채로 쓰러트리다니!"

"난 쓰러트리지 않았어. 건물이 알아서 한 거지."

"……예?"

『건축물 강타』는 인간에게는 통하지 않는다. 벽이나 가구를 날려버릴 뿐.

벽이 날아간 곳에 사람이 있었어도, 그건 스킬과 아무 상관이 없다.

"난 벽을 부쉈을 뿐이야. 그 너머에 사람이 있었던 건, 그냥 불행한 사고였고."

"……제 마법을 쓸까요?"

"관둬. 눈에 띄고 싶지 않아."

"하지만, 이대로는……."

우리는 큰길로 나왔다.

지나가는 사람은 아무도 없다.

그 놈들이 쫓아온다. 정말 끈질기네.

젠장…… 아침 댓바람부터 일하게 만들고 말이야.

이쪽은 저연비로 살아가기 위해서 왕의 권유도 거절했는데.

"하는 수 없지……. 세실."

"예, 나기 님."

"마법을 써도 돼! 하지만 살상 능력이 없고 영창이 빠르고, 제일 수수하고 위력이 약한 걸로."

"라이트 마법은 어떨까요."

『라이트』라.

주위는 아직 어둡다. 일시적으로 상대의 시력을 빼앗고 그 틈에 숨자는 건가.

그리고 동이 틀 때를 기다리고. 그래, 그걸로 가자.

"알았어. 『라이트』로 적을 막아줘, 세실."

"예!"

세실이 영창을 시작했다.

『이 세계의 시작부터 존재하는 근원을 불러 깨운다. 모든 생명을 만들고 모든 생명을 인도하는 존재. 밤을 물리치고, 어둠을 집어삼키고, 식물을 키우고, 온갖 산 것들의 희망이 되는——.』

"……어라?"

『그대는 나이며, 나는 그대. 원래 무(無)였던 세계를, 나는 어이해 비췄는가. 흔들린다, 흔들린다, 흔들린다. 모든 것을 키우면서 손대는 것을 용납지 않는 파도. 여명을 고하라, 하늘을 도는 것으로부터 쏟아진다. 하늘을 채우는 수많은 별들로부터 쏟아진다. 칭송하라. 모든 생명은 칭송하라——.』

"뭐가 이렇게 길어? 이거『라이트』맞아?! 제일 약한 마법이라고 했잖아?!"
    ——혹시 세실 얘,『고대어 영창』을 쓰는 건가?
    말도 안 돼. 영창이 이렇게 길어지는 거야?
    노예상인과 스킬 상인, 덩치 큰 남자들이 골목길에서 튀어나왔다.
    나는 세실의 손을 잡고 뛰고 있다, 있지만, 잡힐 것 같다.
    틀렸다—— 이제 와서 눈을 멀게 해봤자——
『바로 지금, 이곳에 일륜(日輪)의 원소를 소환한다! 라이트!!』

세실의 영창이 완료된 순간,
왕도에 태양이 나타났다.

"끄아아아아아아아아아아아악!!"
절규가 터져 나왔다.

쫓아오던 남자들이 눈을 누르면서 데굴데굴 구르고 있——

을 것 같다.

저 녀석들은 전부 빛에 삼켜졌으니까, 밖에 있는 나는 모른다.

물론 여기 있는 건 진짜 태양이 아니다.

그냥 태양 같은 빛일 뿐. 진짜였으면 이 거리가 통째로 증발했지.

나와 세실은 영향을 받지 않았다.

빛이 있다는 건 알지만, 눈이 부시지는 않았다.

마법 사용자와 그 주인은 지켜주는 걸까.

그나저나, 뭐야 이거. 『라이트』 맞지? 공격마법 아니지?!

"……고대어 마법, 무섭다."

마족이 멸종된 이유를 알겠다.

고대어 마법, 위력 인플레가 너무 심하잖아.

"해냈어요! 제일 약한 마법으로 격퇴했어요!"

"응…… 대단하네, 세실."

머리를 쓰다듬어주자 에헤헤, 하고 좋아하는 세실.

미안해. 내가 널 치트 캐릭터로 만들어버렸어.

"그런데 보통 『라이트』의 영창은?"

"『정령이여 내 앞을 비춰라. 라이트!』예요."

세실의 손가락 끝에 직경 1 미터 정도의 빛나는 구체가 나타났다.

"……그거면 되지 않았을까."

"기왕에 나기 님이 주신 새로운 힘이니까, 한 번 써보고 싶었어요."

세실은 기도하는 것처럼 손을 맞대고 나를 봤다.

뭐야 그 길 잃은 강아지가 주인을 보는 것 같은 눈은.

"제가 잘못…… 했나요?"

"잘못한 건 아니지만."

"어제, 처음 나기 님이 제 안에 들어오셨을 때, 엄청나게 충만해지는 기분이 들었어요…….."

세실은 꿈꾸는 것처럼 말했다.

"나기 님이 제 제일 깊은 곳을 건드려주셔서, 저도 몰랐던 저를 눈뜨게 해 주셨어요…… 창피했지만…… 기뻤어요. 나기 님과 하나가 되는 게. 어제까지의 나하고는 달라, 아무것도 몰랐던 때로는 돌아갈 수 없어…… 그런 생각을 했어요. 온 몸이 뜨거워지고, 나기 님이 움직일 때마다 제 몸 속에 벼락이 치는 것 같고…… 정말 이상해질 것 같은데…… 좀 더 해줬으면 싶은…… 그런 기분이 들어서…… 나기 님이 또 해주셨으면 싶고…….."

"스킬 조정 얘기지, 그거 맞지?!"

큰길에서 무슨 소리를 하는 겁니까, 세실 양?!

여기저기서 창문 열리는 소리가 난다.

세실이 만들어낸 치트급 『라이트』가 사라져간다…… 큰일이다.

"도망치자. 세실!"

"예. 나기 님과 함께라면, 어디까지라도."

우리들은 뛰어갔다.

다들 치트급 '라이트'에 정신이 팔려서, 우리를 본 사람은 없는 것 같다.

그 뒤에, 성문이 열릴 때까지 으슥한 곳에 숨어 있었고.

우리는 왕도에서 탈출했다.

이번에 사용한 스킬

『고대어 영창 LV1』

주문을 자세히 영창하는 스킬. 현재의 마법에서는 생략된 단어와 문법이 전부 들어가기 때문에, 영창이 상당히 느려진다.

대신에 위력은 수십 배로 커지는데, 예를 들어 『라이트』는 현대의 섬광탄이 몇 분 동안 계속 터지는 것과 같은 수준의 빛을 내뿜는다. 빛 덩어리의 크기는 직경 십여 미터.

그 대가로 마력이 엄청나게 소모된다.

『건축물 강타 LV1』

때리거나 베서 건축물에 대미지를 줄 수가 있다.

'나무 벽' '벽돌 벽'이라면 파괴해서 구멍을 뚫는 것도 가능.

대인 공격력은 없지만, 상대가 건축물 파편을 맞을 수도 있다.

또한 레벨이 올라가면 부술 수 있는 재질이 늘어난다.

제7화 「메테칼로 가는 중에 신관장과 만나다」

왕국 제2의 도시 메테칼은, 왕도에서부터 걸어갔을 때 이틀쯤 걸리는 거리에 있다.

나는 여행이 익숙하지 않고 세실은 보폭이 좁기 때문에, 이틀 반 정도는 걸릴 것 같다.

"혹시나 쫓아올지도 모르니까 전반은 서둘러서, 후반은 천천히 가면 되려나."

왕도에서부터 메테칼까지 이어지는 가도는 넓고, 주위에는 초원이 펼쳐져 있다.

여행하는 사람들은 모두 마차를 둘러싸든지 해서, 집단으로 이동하고 있다.

마물의 습격을 막기 위한 것 같다.

둘이서만 여행하는 건 우리밖에 없다.

"세실."

"예, 나기 님."

"이런 때, 적당한 캐러밴이랑 같이 가도 괜찮을까?"

"괜찮을 거예요. 실력 있는 호위가 있으면 그쪽도 안심이 될 테니까."

"실력 있는 호위?"

"나기님이요."

"세실은 치트 캐릭터지만, 나는 어떠려나."

"의미는 모르겠지만 '치트 캐릭터'?의 주인님이니까 자신을 가지세요."

"뭐, 어떻게든 얘기해 보자고."

가도를 따라가는 마차는 둘.

우리 앞에 있는 것과 뒤에 있는 것.

앞에 있는 쪽은 돈이 많은 부자들이 타는 것 같은 상자 모양 마차고, 벽에 용 문장이 그려져 있다. 세실의 말에 의하면 용 문장을 쓰는 사람들은 모험자 길드의 백업을 받고 있는 상인들이라는 것 같다. 그래서 갑옷을 입은 검사와 지팡이를 들고 있는 마법사가 호위하고 있는 건가.

뒤쪽에 있는 마차도 역시 지붕과 벽이 있고, 그 벽과 지붕에 날개 같은 모양의 문장이 들어간 마차. 이쪽은 여신을 섬기는 '이투르나 교단'의 마차라는 것 같다.

주위에 있는 사람들이 전부 똑같은 로브를 입고 똑같은 지팡이를 짚고 있는 건 그런 이유 때문인가. 다들 한 눈에 봐도 신관처럼 생겼다.

상인의 마차에 타고 있는 사람은 아마도 길드 관계자.

메티칼의 길드로 간다면 우리와 같은 목적이다. 접촉하면 저쪽 정보도 얻을 수 있을 테고, 주위에 있는 사람들이 모험자라면, 저 사람들하고 친해져서 나쁠 건 없다.

'이투르나 교단'의 마차에 타고 있는 건 교단의 높으신 양반이겠지.

교단은 인간지상주의라서 나 같은 인간에게는 잘 대해주지만, 엘프나 드워프 같은 데미 휴먼은 무시한다는 것 같다. 하지만 회복 마법을 쓰는 사람들이 많고, 병자나 약해진 상태라면 데미휴먼한테도 친절하게 대해준다는 게 복잡한 점이다. '약한 자에게 손을 내민다'는 게 여신의 가르침이라나.

솔직히 말해서 양쪽 모두 가까이 가고 싶지 않다.

하지만 여행의 안전을 위해서는 어쩔 수 없으니까.

굳이 동행해야만 한다면…… 이 경우에는.

"선택지는 정해져 있지."

나는 뒤쪽에 있는 마차로 갔다.

"나, 나기 님?!"

"왜, 세실."

"앞쪽 마차가 아닌가요?"

"왜 벌써부터 길드 사람이랑 만나야 하는데. 메테칼에 도착하면 어차피 만날 거잖아?"

"아니, 정보를 얻어둔다든지, 자기소개를 한다든지."

"세실…… 잘 생각해봐."

세실은 똑똑하다. 기억력도 좋다.

하지만, 한 가지 중요한 것을 잊어버렸다.

"길드 사람들 마음에 들어버리면, 일을 해야 하잖아."

"그게 뭐가 문제인데요?"

"그러다가 우리의 스킬을 알아차리게 될 위험성이 있지."

내 『능력 재구축』은 레어 스킬을 만들어내는 영문 모를 물건이고, 세실의 『고대어 영창』은 제일 약한 마법을 극대 마법으로 바꿔버릴 정도인 말이 필요 없는 치트 스킬.

개인적으로 친해져서 이리저리 떠보다가 정체가 들키기라도 하면 곤란하다.

그래서 길드 사람들과는 어디까지나 업무상 관계로만 지내고 싶다.

왜, 거래처 사람하고 개인적으로 친해지면 '우리 사이잖아? 하루 정도는 밤 좀 새도 되잖아. 심야 수당 같은 섭섭한 소리 하지 말고, 응! 어이쿠, 네 타임카드를 두 번 찍어버렸네. 이러면 몇 시간 일했는지 모르겠네. 껄껄!' 같은 일이 벌어지기도 하니까.

"우리의 목적을 잊어버렸어?"

"'무위자연해서 천하를 즐겨라'였죠?"

"응, 무리하지 말고 평범하게 살자는 뜻이야."

그러니까 치트 스킬을 들킬 가능성이 있는 길드 마차는 기각.

약간 문제는 있지만 '이투르나 교단'의 마차에 동행해도 되는지 물어보자.

"그런데…… 나기 님. 저는…….."

세실이 자기 귀를 집었다.

긴 귀와 갈색 피부. 그리고 빨간 눈동자.

마족의 증거다.

뭐, 마족은 세실을 빼고 전부 멸종했으니까, 다크 엘프라고 밀어붙이면 되겠지만.

"저 때문에 나기 님을 이상한 눈으로 보는 건 싫어요."

"괜찮아. 나한테 생각이 있어."

나 혼자만이 아니라, 세실도 함부로 대하지 못하도록 하겠다.

일단 상대의 의표를 찔러보자.

안 되면 말자는 생각으로 부딪쳐 보는 거야.

"'이투르나 교단' 분이시죠. 저희는 여행자입니다. 메테칼까지 가신다면 안전을 위해서 동행해도 되겠습니까?"

나는 마차를 둘러싸고 있는 신관 중 한 명에게 말을 걸었다.

후드 속에 있는 눈이 나와 세실을 봤다── 그런 것 같은 기분이 든다.

아~ 뭐라고 대답할지 대충 알 것 같다.

"천박한 다크 엘프 노예와 그 주인의 동행은 허락할 수 없다."

"이쪽은 노예가 아닙니다. 아내입니다."

나는 바로 받아쳤다.

"──?!"

"……므어어어어어어어어어?!"

세실의 얼굴이 펑, 소리가 나지 않을까 싶을 정도로 새빨개졌고, 신관이 이상한 소리를 질렀다.

"하, 하지만, 목줄을 하고 있지 않은가."

"그런 플레이입니다."

"──?!!"

"하, 하지만 다크 엘프라는 점은 틀림이 없다!"

"사랑의 힘으로 몸속부터 정화하는 중입니다."

"──────!!!"

"이, 이, 이, 이, 이런 어린 소녀에게 말인가?!"

"다크 엘프의 성장 속도는 인간과 다릅니다. 몸 크기는 관계가 없죠. 그녀는 이미 몸도 마음도 어엿한 어른이고, 저를 받아들일 수 있는 인간적인 그릇이 있습니다."

"————————????!!!!!"

"'이투르나 교단'은 자비의 여신을 섬긴다고 들었습니다. 종족차이를 뛰어넘어 저희를 받아들이지 않고, 올바른 길을 가려 하는 그녀를 차별하는 것은 교단의 가르침에 위배되는 것 같습니다만. 제 말이 틀렸는지요?"

"————————————깩."

얼굴이 한계까지 빨개진 세실이 풀썩, 주저앉았다.

좋았어, 아주 잘 했어.

"아아, 내 아내가~ 역시 너무 무리를 했나~ 큰일이네~."

"아, 어, 그………… 시, 신관장님!"

신관이 당황해서 마차 쪽으로 뛰어갔다.

작은 창문 너머로 뭔가 얘기를 나누는 것 같더니 바로 돌아왔고.

"……신관장님이 그 소녀를 마차에 태우라고 하셨다."

어째선지 뱃속에서 울려 나오는 목소리로 말했다.

"메테칼까지의 동행을 허락한다. 그 동안에 네놈의 근성을 바로잡아 주겠다고 하셨다."

"아앙, 불쌍해라, 불쌍해라! 이렇게 조그만데!"

쓰담, 쓰담.

마차에 탄 세실의 머리를, 금발 소녀가 열심히 문질러댔다.

소녀가 입은 것은 깃털 같은 자수가 잔뜩 들어간 하얀색 로브. 허리까지 내려오는 긴 머리카락에는 은색 액세서리를 달았다. 그녀는 분홍색 눈에 눈물까지 머금고, 옆에 앉은 세실을 끌어안고 있다.

아름다운 소녀다.

하늘하늘한 금발은 천사 같고, 세실을 보는 얼굴에는 부드러운 미소를 지었다. 자비가 넘치는 평온한 미모, 라는 느낌이다. 몸매도 좋다. 솔직히, 세실의 머리가 저 커다란 가슴에 거의 묻힐 지경이다.

"어떻게 하면 될까? 이 남자를 콱 죽이면 돼? 어떻게 하면 널 행복하게 해 줄 수 있어?"

하지만 입에서 튀어나오는 말은 독설이었다.

"……'이투르나 교단'은 인간 이외의 존재를 멸시하는 게 아니었나……?"

"닥쳐, 이 인간 말종."

부릅, 금발 소녀가 날 노려봤다.

……이 녀석이 신관장 맞겠지. 아까 그렇게 불렀으니까.

이름은 리타 멜페스.

이 캐러밴의 대표인 것 같다.

"대체 왜 당신까지 마차에 탄 거야. 좌석이 더러워지니까 내려주겠어? 밖에서 걸어가라고. 걸어가는 게 싫으면 줄로 끌어줄

게. 밧줄을 빌려줄 테니까 목에다 묶고 끌려 와. 눈을 뜨면 메테칼에 도착해 있을 테니까. 뭐, 눈이 안 떠질 수도 있지만!"

"저만 마차에 타고, 나기 님을 걸어가게 할 수는 없어요."

"아앙, 정말 착하구나? 세실이라고 불러도 돼? 난 리타 언니라고 불러도 되거든?"

"……'이투르나 교단' 사람들은 다크 엘프를 싫어하는 게 아니었나요……?"

"교황님이랑 사교(司敎)님은 그렇지…… ."

겨우 세실을 놓아주고, 신관장 리타가 한숨을 쉬었다.

밖에까지 들리지 않게, 작은 소리로 말했다.

"그래서 나도 겉으로는 거기에 맞춰줘야 해. 마족이라면 모를까, 데미 휴먼을 싫어하는 건 너무 시대착오적이잖아~."

이 자식…… .

지금 은근슬쩍 심한 말을 했는데.

"아앙, 그래도 세실이라면 마족이라도 괜찮을 것 같아── ."

좀 전에 한 말 취소.

완전히 정신이 나갔네.

"다크 엘프건 마족이건, 세실처럼 귀여운 아이는 구원해야 돼! 자비야! 그런데 목줄을 채우고 노예 플레이라니, 용서 못해── 잠깐, 뭐야 이거. 안 벗겨지잖아."

"그야 『계약』을 했으니까."

"『계약』?! 얼마나 본격적인 거야, 이 변태!"

으르렁, 신관장이 이를 드러냈다.

아~ 원래 세계였으면 틀림없이 신고 당했겠지. 이세계라 다행이다.

세실이 내 쪽을 흘끗흘끗 봤다.

그러고 보니 '이투르나 교단'과 동행한 뒤에 어떻게 할지에 대해서는 얘기를 안 했었다.

설마 마차까지 태워줄 거라고는 생각도 못 했지만.

그리고 다른 신관들과 이 녀석의 태도가 너무 다르다. 정말 밖에 있는 신관들의 리더가 맞나 싶을 정도로. 위엄이라고는 흔적도 없다. 게다가 너무 친근하게 굴고(특히 세실한테).

"전, 나기 님 것이니까요."

신관장의 손에서 빠져나온 세실이 내 쪽으로 왔다.

"나기 님을 나쁘게 말하는 사람은, 싫어요."

"⋯⋯⋯⋯이 못된 것!"

아, 역시 내가 혼나는구나.

"세실한테 이런 짓에 저런 짓을 해서 떨어지지 못하게 만든 거지? 아아, 난 왜 이렇게 무력한 걸까⋯⋯ 나한테 돈이 있으면 세실을 내가 사줄 텐데⋯⋯."

"전 비싸거든요?"

"얼마면 계약을 해제할 수 있어?!"

"1200만 아르샤요."

⋯⋯⋯⋯어이. 잠깐만.

내가 세실을 거뒀을 때는 12만 아니었나?

어느새 인플레이션이 그렇게 심해진 거야.

"전, 나기 님 손에 「새로운 나」가 됐으니까요……."

"불쌍해라아아아아아아아아!"

'너, 의미는 아는 거냐?! 혼자 흥분하지 말라고!'

그렇게 말하고 싶지만…… 말할 수가 없다.

마차 주위에는 신관들이 둘러싸고 있다.

이쪽은 동행하게 해달라고 부탁한 입장이다. 너무 실례되는 말을 할 수는 없지.

위엄이라고는 하나도 없지만, 눈앞에서 펑펑 울고 있는 이 녀석은 '이투르나 교단'의 신관장이고, 세실의 말에 의하면 교황과 사교 다음에 다음 정도로 높은 사람이라고 한다.

"미안해, 나도 그렇게까지 큰돈은 움직일 수가 없어…… 맞다."

그렇게 말하고, 신관장 리타는 의자 아래의 짐 속에서 작은 구슬을 꺼냈다.

하얀 수정 구슬. 스킬 구체다.

"세실, 이거 받아. 커먼 스킬이라 미안해.

『치료 LV1』이야. 이 못된 인간 때문에 몸이 안 좋을 때 써봐."

"바, 받아도 되나요?"

"내가 줄 수 있는 건 이 정도밖에 없네. 그리고, 그쪽은 이거 줄게."

그 말과 함께, 투명한 수정 구슬이 날아왔다.

소유자가 없는 스킬이라 어떤 스킬인지 알 수 있다. 그러니까.

『명상 LV1』

"그걸 써서, 자신의 더러운 마음을 자~~알 돌아보고 반성하라고."

그러니까…… 이건──

『명상 LV1』
「침묵」으로 「오감」에 「눈뜨는」 스킬

쓸모 없네…….

"시, 신관장 님은 왜 메테칼에 가시는 거죠?

"신자 모집."

아~. 흔히 있는 일이지.

"마왕하고 싸우는데 회복을 맡을 사람이 부족하거든. 그래서 '이투르나 교단'에 들어오면 신성 스킬로 회복 마법을 쓸 수 있게 됩니다~. 필요한 사람에게는 회복해주는 사람을 파견해드려요~ 하고 권유하는 거야. 신성계 능력은 인간이 제일 적성이 좋거든."

신관장 리타는 흐흥, 하고 코웃음을 쳤다.

"여신께 선택받은 종족, 그게 인간! 그 가호를 살리는 것이 선택받은 자의 임무, 그게 윗분들이 선택한 권유 문구야."

그렇구나~.

그래서 '이투르나 교단'은 인간 지상주의를 내세우는 건가.

이세계도 여러모로 귀찮네…….

"신임 신관장은 그런 일도 해야 돼. 뭐, 기대한다는 뜻이지. 기껏 발탁됐으니까, 힘내서 성과를 내야하지 않겠어."

"하나 물어봐도 될까?"

"싫어, 이 인간 말종── 아, 미안해! 세실, 째려보지 마! …………좋아, 물어봐."

데미 휴먼을 차별하는 조직에 있는 녀석이 세실은 왜 그렇게 좋아하는 거냐고.

작은 걸 좋아하는 건지, 다크 엘프가 좋은 건지 확실히 하라고.

──그런 생각을 했지만, 내가 물어보려는 건 다른 얘기다.

"너는 다른 종족을 차별하지 않잖아? 왜 교단 신관장 같은 일을 하는 거야?"

"어쩔 수 없잖아, 거둬진 몸이니까."

"거둬?"

"말했잖아, '이투르나 교단'은 자비의 교단이라고. 오갈 곳 없는 아이들을, 인간 한정으로 거둬서 키워주는 거야. 거기서 신성계 능력의 적성이 있는 애들만을 교육해서 교단 멤버로 삼는 거지."

"적성이 없는 애들은?"

"……알잖아?"

"노예인가."

"꼭 그런 건 아냐. 모험자가 되는 애도 있고, 가게 일을 돕는 애들도 있기는 있어. 다들 이런저런 사정이 있으니까── 아,

아무튼!"

짝, 신관장 리타는 자기 무릎을 쳤다.

"나, 겨우 신자를 모으는 책임자인 신관장이 됐거든? 3계급 특진이야! 이대로 교황까지 올라가서 교단을 바꿀 거야! 데미 휴먼에 대한 차별을 없애고, 내가 세실을 당당하게 쓰다듬을 수 있게 만들 거라고!"

본인이 만족한다면, 그걸로 됐지만.

그나저나, 지금까지 이 녀석 입에서 신앙이나 여신에 대한 얘기는 한 마디도 안 나왔다.

"내가 세실 정도였을 때 수인 친구가 있어서. 세실을 괴롭히면 그 사람들한테 창피하잖아? 그래서 난, 그런 짓은 안 하기로 결심했어."

에헴, 하고. 신관장 리타는 큰 가슴을 활짝 폈다.

"세실만 한 애들을 보면 그때 생각이 나. 정말 귀여웠지…… 작고 포동포동…… 작은 애들은 보기만 해도 행복해진다니까."

그런 이유 때문에 세실한테 푹 빠진 건가.

그런데 괜찮을까? 가는 데마다 작은 애들을 붙잡아서 쓰다듬어대는 건 아니겠지……?

"그건 그렇다 치고, 교단에 들어오면 재미있는 일도 있거든?"

"재미있는 일?"

"노래. '이투르나 교단'은 아침 해와 석양을 향해, 여신을 찬양하는 노래를 합창하는 규칙이 있어. 최대한 인적이 없는 곳에서, 다른 사람들 눈에 안 띄게 하면서 말이야. 그게 꽤나 박력이 있거든. 잠자는 신도 깨울 정도라고 할 정도로."

"……들어보고 싶네요."

"미안해. 다른 사람들한테는 들려줄 수가 없거든. 그래도 세실이라면…… 아아, 그렇지만 외부인에게 들려줬다는 걸 들키면 신관장 자리가…… 그렇지만, 들려주고 싶기도 하고."

"난 안 들려줘도 되는데."

"너한텐 말 안 했어, 이 짐승. 그리고 당신이랑 얘기했다는 걸 들키면 창피하니까 딴 데 가 있어."

"그래. 그럼, 신관장님의 체면을 위해서 떨어져주자, 세실." "예."

"아앙, 잠깐만, 한 번만 더 쓰다듬게 해줘!"

똑, 똑똑.

신관장 리타가 정신없이 손을 흔들었을 때, 마차 문을 두드리는 소리가 들렸다.

"실례합니다 신관장님. 부덕한 자에 대한 설교는 마치셨습니까."

"──그러한 것이다! 알겠는가?! 다크 엘프 소녀여. '여신 이투르나'의 가르침을 따른다면, 언젠가 그대에게도 인간과 동등한 축복이 내려질 것이다! 그리고 거기 소년이여! 그대는…….
답이 없으니까 빨리 지옥에나 떨어지라고(소근)."

예, 알겠습니다.

마지막에 한 말은 흘려듣고, 나와 세실은 마차에서 내렸다.

"……정말이지, 벼락출세한 주제에 건방지게."

"자기 주제도 모르는 게 아닌가."

"거둬진 주제에. 어디서 태어났는지도 모르는 것이."

"메테칼에서 신자를 모으는 일이 우습게 보이면 우리가 창피해서 봐주고 있는데. 뭐, 생긴 것 하나는 괜찮으니까. 사람들 모으는 데는 도움이 되겠지."

"신관장 자리가 일시적인 것인지도 모르고 착각하기는……."

마차를 둘러싼 신관들이 수군거리는 목소리.

우리를 보고는 샥, 고개를 돌렸다.

마차에서 멀리 떨어져 있었으니, 우리 목소리가 들리진 않았을 텐데 말이야.

역시…… 교단 캐러밴을 고른 게 실수였나.

그나저나…….

"리타 언니…… 힘들겠네요."

그렇지…….

사는 세계가 다른 나는 뭐라고 할 말이 없지만.

이번에 등장한 스킬

『치유 LV1』
자연 치유력을 높이는 스킬.
피로 회복이나 찰과상 등이 아주 조금 빨리 낫는다.

『명상 LV1』
자신을 돌아보는 스킬.
앉아서 조용히 자신의 오감을 돌아볼 수 있다.
레벨이 높아지면 깨달음을 얻는 경우도 있다.

제8화 「마족의 비밀과 세실의 결의」

마을에 도착했을 때는, 해가 지기 조금 전이었다.

그곳은 가도 옆에 있고, 왕도와 메테칼의 딱 중간 지점에 위치했다.

마을 바깥쪽에 있는 커다란 호수에서 잡히는 생선이 명물이에요── 세실이 그렇게 설명해줬다.

'이투르나 교단'의 마차 뒤쪽(눈대중으로 50 미터 정도)에서 따라온 덕분인지, 마물의 공격을 받는 일은 없었다.

하지만 그 뒤에 마을에 도착하자마자, 마차가 슥~ 하고 마을 바깥쪽으로 간 이유를 알 수가 없었다. 여관과 전혀 다른 방향, 인적이 없는 호수 쪽으로.

'이투르나 교단'은 여관에 묵을 생각이 아닌 것 같다. 열 명 정도의 집단이니까 마물한테 공격당할 일은 없을 테고. 뭐 나랑은 상관없지만.

아무튼 우리는 마을에서 숙소를 잡고, 어제의 교훈을 바탕으로 구석에 있는 방을 골라서, 일단 쉬기로 했다.

"'이투르나 교단'은 하급 귀족 분들이 만들었다고 들었어요."

여관의 방에서 짐을 푸는 중에, 세실이 말했다.

"교단에서는 귀족인 사람만 신관 이상의 지위로 올라갈 수 있다는 것 같아요. 그렇지 않은 사람은 『신성력』에 눈을 뜬 뒤에 전장으로 보내지거나 모험자 파티에 파견한다는 것 같고요."

"『신성력』이라는 건 마법사의 『마력』 같은 것이고, 회복이나 보조마법에 사용하는 힘, 이었나?"

"맞아요. 그래서 교단의 신자가 되면 회복 역할의 사람들을 우선해서 보내주고는 해요. 일반 신자가 있고, 간부 귀족이 있고, 교단이 거둔 아이들은 전장이나 파티에서 일하고⋯⋯ 그런 거죠."

"거둬진 리타가 신관장이 된 건, 신자를 모으기 위한 예외였다고 했으니까."

"그래도 전장이나 던전에 가지 않고 본부에서 일을 한다는 건, 역시 우수한 사람이기 때문이겠죠. 그리고, 좋은 사람이었어요."

세실은 리타가 준 『치료 LV1』 수정 구슬을 봤다.

잠시 그것을 손바닥 위에 올려놓고 있더니,

"이건 나기 님이 가지고 계셔주세요."

세실은 그 수정 구슬을 나한테 내밀었다.

"이건 세실이 받은 거잖아."

노예의 물건을 빼앗지 않습니다.

나는 문명사회에서 온 주인이니까.

"이건 저보다 나기 님한테 더 어울려요."

세실은 일말의 망설임도 없이 선언했다.

"왜냐하면, 나기 님이 죽으면 저도 죽으니까."

"무슨 소리야?!"

⋯⋯농담이지?

하지만 세실의 눈은 너무나 진지했다.

나랑 비슷한 또래(생긴 건 한참 아래)면서, 벌써 인생을 정해 버리려는 건 아니지? 아니라고 해줘!

만난 지 이틀 만에 목숨을 건다고 하면, 주인은 대체 어떻게 해야 하냐고.

"아…… 그렇지. 아까 말이야, 세실 네 몸값이 1200만이라고 했잖아?"

일단 다른 얘기를 하기로 했다.

"그게 뭐야? 세실 네 대금은 12만이고, 거기에 걸맞은 일을 하면 자유롭게 되는 건데. 『계약』이란 그런 거잖아?"

"나기 님이 주신 걸 계산했더니 그런 금액이 됐거든요?"

"내가 준 것?"

"마족이라고 차별하지 않고 대등하게 대해주셨어요."

"그야 난 다른 세계에서 왔으니까. 마족이고 뭐고 상관없지."

"절 '치트 캐릭터'라는 걸로 만들어주셨어요."

"그건 서로의 스킬을 알아두기 위한 필요성과 실험을 위한 일이고."

"절…… '아내'라고."

"미안, 교단이랑 같이 가려고 뻥을 쳤어!"

"나기 님이 어떻게 생각하는지는 상관없어요!"

"그건 좀 너무하지 않아?!"

"들어보세요, 나기 님."

세실이 매끄러운 손으로 내 손을 잡고, 말했다.

"저희 마족은 '공명하는 종족'이거든요."

마족은 물과 바람, 대지, 불꽃 등과 마찬가지로, 자연의 일부로서 이 세계에 태어났다.

강대한 마력을 지닌 것은, 자연 현상의 힘을 빌릴 수 있기 때문에.

자연현상에는 기본적으로 '개인'이 존재하지 않는다.

나무는 숲의 일부이며 물은 강이나 바다의 일부인 것처럼, 개체는 항상 집단에 포함되어 있다.

그래서 개인이라는 의식을 가지게 된 마족은 외로워졌다.

그래서 그들은 자신의 혼과 공명하는 것을 찾아내서, 그것과 함께 살아가는 방법을 배웠다.

상대는 나무이기도 했고, 꽃이기도 했고, 새이기도 했고.

마족은 그 특성 때문에 문명에 적응하지 못해서, 다른 데미 휴먼들처럼 인간 같은 생활을 하지 못했다. 그래서 토지를 빼앗기고, 멸망하고 말았다.

하지만 가끔씩, 인간과 공명하는 희귀한 마족도 있었다고 한다.

"저처럼, 말이죠."

그렇게 말하고, 세실은 설명을 마무리했다.

"저는, 나기 님과 공명한 것 같아요. 왜냐하면, 나기 님과 같이 있으면 행복한 기분이 드니까…… '계약'으로 연결돼 있으면 제가 나기 님의 일부구나, 하고. 이런 건, 태어나서 처음이에요."

어쩌지. 세실은 진심이다.

세실을 사들인 건 아슈타르테의 부탁과, 정보 제공자가 필요하기 때문이었는데.

물론 곁에 있었으면 좋겠다 싶기도 했지만!

계속 붙잡고 있을 생각은 없다.

그랬다간…… 내가 블랙 고용주가 될 테니까.

나중에 이유를 만들어서 『계약』을 해지하고, 세실이 마음대로 살아가게 해주려고 했었는데.

그런데, 이 시점에서 벌써 평생 노예 소유가 결정되다니, 너무 부담이 되잖아!

세실이 귀엽기는 하지만! 엄청 무방비하고, 솔직하고.

까딱하면 내 이성이 날아가 버릴 것 같은 생각도 들고!

이세계에 와서 아직 일은 고사하고 살 집도 없는데, 실수로 애라도 생기면 어쩔 건데! 인생 끝장이잖아?!

"……나기 님?"

세실이 불안한 얼굴로, 나를 보고 있다.

그녀는 『계약』에 의한, 나와의 관계를 소중히 여기고 있다.

이래서는…… 해방해준다고 해도 소용없겠지.

"물론 나기 님이 '세실 따위는 필요 없어'라고 하신다면…… 어쩔 수 없죠…… 나기 님을 방해할…… 수는…… 없으니까."

"그건 아냐, 세실은 너무 소중해!"

그러니까 그렇게 버림받은 강아지 같은 얼굴 하지 말고!

눈에서 빛이 사라지고, 눈물까지 뚝뚝 떨어지고 있잖아.

내가 '필요 없다'고 말하면 정말로 죽을 것 같다.

"당연하지. 세실이 없으면 정말 곤란해. 세실은 내 유일한 동료고, 가족 같은 존재니까."

"——예."

뭐, 어때. 나중 일은 나중에 생각하자.

나도 바로 그저께까지는 이세계로 날아온다는 건 생각도 못 했었으니까.

날 끌어안은 세실의 머리를 쓰다듬어주며, 나는…… 이성만은 끝까지 지켜야겠다고 생각했다.

우리는 해가 저문 뒤에 거리의 식당으로 갔다.

세실을 최대한 다른 사람들한테 보이지 않게 하려고, 천을 후드처럼 뒤집어쓰게 했다.

그리고 식당에 들어갔더니,

"뭐야 이 맛없는 고기는!"

고함소리와 함께, 접시가 날아다니고 있었다.

식당에 있는 이들은 상인의 마차를 지키던 전사와 마법사들. 지금은 갑옷도 로브도 벗었으니까, 드워프와 엘프 집단이라고 해야 하려나. 엘프들은 짜증난다는 얼굴로 접시에 있는 고기를 찔러대고 있지만, 드워프는 화가 가시질 않는다는 것처럼 식당 점원한테 으르렁대고 있다.

……가까이 가지 말자.

우리는 입구에서 제일 가까운, 주위에 사람들이 없는 자리에 앉았다.

손을 들자, 여성 점원이 쭈뼛쭈뼛하면서 다가왔다.

"저기……."

"죄송해요! 생선은 없어요! 정말이에요!"

"……예?"

"정말 죄송합니다. 최근에 호수 쪽으로 갈 수가 없어서, 닭고기랑 덴가라돈 멧돼지 햄밖에 없어요. 불만이 있으시면 가지고 오신 휴대 식량을 드셔도 돼요!"

점원 분은 나랑 세실을 제대로 쳐다보지도 않고, 도망치듯이 뛰어갔다.

그랬나 싶었더니, 바로 돌아와서 나와 세실 앞에 햄과 빵, 그리고 녹색 콩이 들어간 수프를 놨다. 빠르다. 그나저나 다 식었잖아.

"돈은…… 2 아르샤만 주시면 돼요. 죄송합니다."

내가 은화를 꺼내자, 점원이 날치기처럼 확 채갔고, 그리고는 다시 가 버렸다.

"세실, 여기는 물고기가 특산물이라고 했었지."

"그랬었죠. 호수에서 잡히는 민물고기가 이 마을 명물이고, 그걸 먹으러 오는 사람들도 많아요, 라고."

"이거, 햄이랑 콩 수프 맞지."

"전 맛있는데요, 나기 님."

"자연식품이라고 생각하면 맛있지. 그런데 호수 가까이 갈 수 없다는 게, 대체 무슨 말이려나."

"호수 가까이 갈 수 없다. 그래서 물고기를 잡을 수 없다, 그런 뜻이겠죠."

뭔가 묘하게 마음에 걸리네.

우리는 잠시 조용히 식사를 했다.

주위에 있는 주정뱅이들 목소리가 시끄럽다.

상인을 호위하는 사람들 목소리가 싫어도 귀에 들어온다. 정보를 수집하기엔 좋지만.

"그나저나 정말 화가 나네! '이투르나 교단' 놈들!"

"우리는 숙소를 소개해주려고 했던 거잖아? 그랬더니 뭐라고 했는지 알아? '더러운 드워프와는 말하지 않습니다. 같은 곳에 묵는 것은 있을 수 없는 일이고'라니?!"

"그래서, 굳이 노숙을 한다는 거지. 인간 지상주의도 그 정도면 이상할 정도라니까."

"확 잡아먹혀라. 호수의 주인한테."

"내일이면 호수의 주인을 퇴치할 길드 동료들이 도착할 테니까. 우린 생각할 필요도 없어."

술맛 떨어진다. 마시자, 마셔—— 그리고, 건배가 시작됐다.

"물어볼 게 있는데."

나는 점원을 불렀다.

"여기는 물고기가 특산물이라고 했지. 그런데 호수에 못 들어간다는 게 무슨 말이야?"

"죄송해요……."

"난 그냥 정보를 알고 싶어서 그래."

나는 아직 이쪽 세계에 대해 알아보는 중이다.

세실의 지식 덕분에 간신히 보통 사람 행세는 하고 있지만, 그 것만 가지고는 살아갈 수가 없다. 정보를 알아둬서 손해 볼 것 도 없고.

딸랑, 나는 은화 하나를 테이블 위에 올려놨다.

"호수의 주인이, 50년 만에 돌아왔어요."

점원은 겨우, 입을 열었다.

"머리가 촉수로 뒤덮인 거대한 물고기고, 마을 사람들은 '레비 아탄'이라고 불러요. 제 할아버지 시절에도 나타났었는데, 모험 가 길드 분들이 쫓아냈다더라고요. 그게 또 호수로 돌아온 탓에 물고기를 잡으러 나갈 수 없게 된 거죠."

"……마을까지 올라오지는 않고?"

"수생 생물이니까요. 그리고 '레비아탄'은 마물 중에서는 얌전 한 편이에요."

점원은 은근슬쩍, 은화를 앞치마 주머니에 넣었다.

"자기 영역에 들어오거나 자극하지 않으면 공격은 안 해요."

"자기 영역에 들어오거나, 자극하거나?"

"예를 들자면 호숫가에서 야영을 하거나 모닥불을 피우고, 큰 소리를 내면 위험해요. 흥분해서 공격하거든요. 뭐, 마을 사람 들 중에 그런 바보짓을 하는 사람은 없지만."

쫓아내 달라고, 메테칼의 모험자 길드에 부탁했으니까. 내일 밤이면 정리가 될 거예요.

무서워할 필요 없으니까, 지금 당장 마을에서 나가지는 마세요.

밤길이 훨씬 위험하니까요 —— 그 말을 남기고, 점원은 주방으로 돌아갔다.

…………

이 빵 딱딱하네~. 수프도 차갑고~.

우물우물.

하지만 농약을 하나도 안 친 완전 오가닉 푸드라고 생각하면 참 귀중한 음식이야~.

와작와작, 우물우물.

………………하아.

"세실." "나기 님."

동시에 말했다.

"먼저 하세요."

세실은 무릎 위에 손을 얹고, 내가 말하길 기다렸다.

"'이투르나 교단'의 마차, 호수 쪽으로 갔지."

"여관에서 묵지 않는다고 했죠."

"야영을 하려면 물가가 좋겠지."

"모닥불도 피워야죠."

"'이투르나 교단'은, 석양을 향해서 노래한다던데."

"엄청난 박력이라고 했어요."

"'레비아탄'은 자극하면 공격한다는 것 같고."

"'하아.'"

우리는 나란히 한숨을 쉬었다.

"나기 님. 리타 언니는 '레비아탄'에 대해 알고 계실까요."

"글쎄. 그 녀석 자신은 데미 휴먼한테 상냥하지만, 다른 신관들은 그 꼴이니까. 이 마을 촌장님, 아까 봤더니 드워프던데."

"……그랬었죠."

우물우물, 아작아작.

식사가 끝났다.

점원이 그릇까지 치웠으니, 우리는 더 이상 여기서 할 일이 없다.

이제 숙소에 가서 자기만 하면…….

……아, 진짜.

어쩔 수 없지.

세실은 뭔가를 기대하는 눈으로 날 보고 있고.

리타한테는 마차랑 동행하게 해준 빚이 있고, 『치료 LV1』과 『명상 LV1』도 받았고. 빚은 지지도 지게 하지도 않는 게 '평범하고 평온한 생활'의 기본 법칙이다. 빚을 지면 부담이 생기고, 그게 돈이면 마음이 불안해지고.

다른 신관 놈들은 어떻게 되건 상관없지만.

"세실. 마법 연습하러 갈까."

"마법, 연습이요?"

"공격마법 고대어 영창에 얼마나 시간이 걸리는지, 아직 확인을 안 해봤잖아."

"예, 그건 그런데요."

"연습하려면 마을에서 떨어진 곳이 좋겠지?"

"예, 그렇죠."

"인적 없는 곳으로 가다가 아는 사람을 만나면, 인사 정도는 해야겠지?"

"예. 그리고 정보 교환 정도는 해도 될 것 같아요."

"주위의 안전도 확인할 수 있고."

"나기 님."

"왜."

"그런 모습, 왠지 귀여워요."

"······쳇."

세실이 날 너무 똑바로 쳐다봐서, 나도 모르게 고개를 돌렸다

하지만 세실은 기도하는 것처럼 두 손을 맞잡고, 미소 짓고 있다.

그리고 작은 소리로.

"그렇기 때문에······ 나기 님의 그 상냥한 마음을 '블랙 아르바이트?'에 이용한 사람들을 용서할 수 없어요. 어째서 저는 나기 님과 같은 세계에서 태어나지 않았을까요······ 나기 님을 힘들게 만든 사람들 따위, 모조리 잿더미로 만들어버렸을 텐데······."

뭔가······ 살벌한 소리를 했다.

난 딱히 친절한 마음으로 리타한테 충고해 주려는 게 아니다. 세실은 착각하고 있는지도 모르겠지만, 솔직히 말하자면 메리트와 디메리트는 이미 전부 계산했다.

메테칼까지는 아직 하루를 더 가야 한다.

내일도 '이투르나 교단'의 마차와 같이 가면 안심할 수 있고.

그러려면 저쪽이 무사해야만 한다.

그리고, 빚을 지게 해두면, 필요할 때에 내 편이 돼줄지도 모른다. 나는 왕가와 왕도의 노예상인, 스킬 상인한테 찍힌 몸이니까.

그러니까, 세실이 그런 눈부신 뭔가를 보는 눈으로 날 쳐다보고 있는 건 오해 때문이고.

잘만 되면, 정보를 제공하는 대신에 뭔가를 줄지도 모른다.

아니, 요구하자.

그렇게 해서, 우리는 식당에서 나와 호수로 향했다.

이미 늦었지만.

"잠깐! 뭐야 이거! 미끈미끈, 너무 싫어어어어!!"

'이투르나 교단'의 캐러밴은 이미 괴멸 상태였고——

신관장 리타가 혼자서, 호수 쪽에서 덮쳐온 촉수 무리와 싸우고 있었다.

용어 해설

『마족』

　예전의 대륙 오지에 살았던 데미 휴먼.

　자연의 일부로 태어났지만 '개인'이라는 의식을 지니게 된 쓸쓸한 자들.

　나무와 동물, 꽃 등의, 자신이 '공명'한 상대를 무엇보다 소중히 여긴다.

　성장은 인간보다 느려서, 같은 나이라도 다섯 살에서 열 살 정도 어리게 보인다. 이것은 소중한 상대와 가능한 오래 함께하고 싶어 하는 종족의 특성 때문이다. 가끔씩 공명하는 상대와 만난 순간에 성장이 멈춰버리는(그 때 성인이 되는) 자도 있다.

제9화 「신관장은 봤다! 마을의 호수에 사는 거대 수생 생물 '레비아탄'!!」

'레비아탄'.

거대 수생 생물. 크기는 작은 고래 정도.

머리가 수많은 촉수로 뒤덮여 있고, 자기 영역을 침범하거나 그 근처에서 시끄럽게 굴면 공격한다. 촉수 끝에는 마비 독을 주입하는 바늘이 있다. 기본적으로 잡식성이라서 뭐든지 먹는다. 주민이 기르던 양이나 소가 잡아먹힌 적도 있다고 한다.

이미지는 머리에 말미잘을 얹은 고래.

귀찮은 건 촉수에 재생 능력이 있다는 것. 잘라도, 잘라도 금세 원래대로 돌아온다.

지난번에는 LV 15 클래스의 스킬을 지닌 모험자 여섯 명이 덤벼서 격퇴했다고 한다.

참고로 쫓아냈을 때의 보수는 4만 아르샤.

퇴치하면 8만 아르샤. 단, 길드에 가입하지 않은 우리하고는 상관없다.

"뭐야, 뭐야, 뭐야! 왜 이런 게 있는 거냐고?!"

호수에서, 말 그대로 고래 같은 머리가 튀어나와 있다. 거기서 수십 개의 촉수가 뻗어 나와서, 호숫가에 있는 리타를 잡으려 하고 있다. 리타는 이리저리 펄쩍펄쩍 뛰면서, 간신히 피하고 있고.

큰일이네~.

우리가 늦었나.

우리가 중간에 마을 사람한테 '레비아탄'에 관한 정보를 물어봐서 그랬나.

리타는 덤벼오는 촉수를 간신히 피하고, 발로 차고 손으로 때려가며 어떻게든 격퇴하려 하고 있다.

그렇구나. 무술 스킬이 있나본데.

마치 야생동물 같다.

수십 개나 되는 촉수를 피하고 걷어차다니. 저 녀석, 등에 눈이라도 달렸나.

혼자서도 '레비아탄'의 공격을 견딜 정도로 우수하구나. 리타 저 녀석. 대단하다~.

"세실."

"예, 나기 님."

"갑자기 미안한데. 고대어 마법 연습을 해보자."

"알겠습니다. 『파이어 볼』을 써볼게요."

"알았어. 내가 신호하면 시작해줘. 이봐~ 신관장 리타―!"

나는 호숫가에서 싸우는 리타에게 소리쳤다.

"여기서 특대 마법을 날릴 테니까 잘 피해~."

"안 돼, 하지 마, 안 된다고!"

"왜?!"

내 목소리를 듣고, 리타는 호숫가에 멈춰 있는 마차를 가리켰다.

말은 없다.

창문과 문이 활짝 열려 있고, 거기서 사람 발이 여러 개 튀어나와 있다.

비현실적인 광경이다.

저건, '이투르나 교단' 사람들인가.

촉수를 피하려고 마차로 뛰어들었다가 마비 독에 찔린, 뭐 그런 거겠지.

"부하들을 죽게 두라는 거야?! 구해주려면 다 구해주라고!"

"뭐~."

"뭐~ 같은 소리 하지 말고오오오오!"

이 상태에서 내 전투능력으로 끼어드는 건 상당히 위험하다.

호숫가에는 핑크색 촉수가 꾸물거리고, 그것들을 리타가 필사적으로 막아내는 상태.

거기에 끼어들어서 마차를 구출하는 건, 『검술』이 LV2밖에 안 되는 나한테는 상당히 난이도가 높다.

마차랑 동행하게 해주기는 했지만, 목숨을 걸 정도의 의리는 없고.

리타 혼자라면 구해줄 수도 있지만.

"알았어! 의뢰! 정식으로 의뢰할게요. 그러니까—— 잠깐, 또 미끈거리는 거 왔다아아아아아!"

말하는 사이에 리타가 몰리기 시작했다.

'레비아탄'의 움직임을 잠깐이라도 멈추지 않으면, 말할 틈도 없겠는데.

"세실. 통상 마법으로 저 녀석의 움직임을 멈출 수 있을까? 고대어 파이어 볼을 날릴 마력을 남겨둘 수 있는 정도로."

"『플레임 애로』라면 쓸 수 있어요. 하지만, 이 거리에서는 견제 정도밖에……."

"그거면 돼. 일단 리타랑 말할 여유만 생기면 되니까."

"예."

세실이 한쪽 손을 높이 들었다.

"『성령의 숨결이여 내 적을 쏘아라! 플레임 애로!!』"

사람 팔만 한 화염이, 호수를 향해 날아갔다.

촉수의 뿌리를 제대로 맞은 '레비아탄'의 움직임이 멈췄다. 수십 개나 촉수들도 거둬들이고 호수 쪽으로 물러났다. 하지만, 촉수 끝부분은 마차를 노리고 있다. 세실한테 적이 움직이면 다시 『플레임 애로』를 쏘라고 부탁하고, 나는 아주 조금 리타한테 다가갔다.

"자비의 가르침을 뭐로 보는 거야! 힘든 사람을 버리다니, 역시 사람도 아냐!"

이쪽으로 등을 돌린 채, 리타가 소리쳤다.

아~ 역시, 그 소리 할 줄 알았어.

"촌장님한테 인사도 안 한 너희가 잘못했어. 호수 근처에서 캠핑한다고 했으면, 분명히 '레비아탄'에 대해서 말해줬을 거라고. 무시하고 위험지대로 뛰어든 건 그쪽이잖아!"

"분명히 말 했어! 신세를 져야 하니까, 드워프 촌장한테 인사하고 오라고! 부하는 분명히 '인사 하고 왔습니다'라고 했어!"

"주위에 사람이 없는 걸 보면 알잖아! 어선이 없는 게 이상하다는 생각은 안 했어?!"

"말했어! 그랬더니 '열흘 전에도 여기서 캠핑을 했으니까 괜찮습니다'라고 했단 말이야. 난, 신임 신관장이라, 계속 따질 수도 없었어!"

한마디로, 부하들이 리타를 우습게 봤다는 얘기네.

다른 신관은 귀족이고, 리타만 거둬진 인간.

리타를 어떻게 보는지는, 아까 그 말만 들어도 알 수 있다.

그리고 '이투르나 교단'은 연중행사로 여기에 오고, 게다가 인간 지상주의자인 그들은 데미 휴먼을 얕보니까, 여권에 묵지도 않고 인사도 안 한다. 멋대로 호숫가에서 캠핑을 하고, 평소에도 했으니까 괜찮겠지── 라고 생각했더니, 수십 년 만에 돌아온 호수의 주인이 덮쳐왔고.

이상하네.

이세계 이야기인데, 하청이나 현장 출신 사람의 충고를 무시했다가 큰 손해를 보고 망해버린 어떤 회사가 생각나네. 윗사람들이 현장의 노력을 망쳐버리는 얘기, 저쪽 세상에서는 자주 들었는데…… 하아.

……하는 수 없지.

"알았어. 그럼 의뢰를 받을게. 2만 아르샤면 어때?"

"2만 가지고 되겠어? 100만 정도는 부를 줄 알았는데."

이 자식이, 정말로 날 그런 놈으로 생각하나보네.

"2만이면 돼! 마을에서 길드에 의뢰한 '호수의 주인 퇴치' 상금이 8만. 쫓아내기만 하면 4만. 우리는 신관들을 구하기만 하면 되니까, 그 반인 2만이야. 그러면 되지!"

"으, 응."

"…………정말 괜찮은 거지. 돈은 있어?"

"우, 우습게보지 말라고오오오오."

우습게 보는 건 아니거든.

리타는 그럭저럭 믿을 수 있지만, 다른 신관들이 말이야.

구해준 다음에 귀찮게 굴 것 같거든.

"알았어! 알았어요! 정식으로 의뢰할게요!"

등을 돌린 채, 리타가 고개를 끄덕였다.

"'이투르나 교단'의 캐러밴 대표로서 『계약』합니다. 2만 아르샤를 지불할 테니까 우리를 구해줘! 돈을 지불하지 않으면, 날 네 노예로 삼든지 마음대로 하면 되잖아!"

"아니, 그럴 것까진 없는데."

"메달리온을 꺼내! 『계약』!"

"아, 응. 『계약』."

내 가슴의 크리스탈과 리타가 목에 건 크리스탈이 하얗게 빛 났다.

크리스탈을 맞대는 게 정식 『계약』이지만, 약식일 때는 이 정 도면 되는 것 같다.

뭐 어때. 모험가로서 첫 번째 일이다.

일은 심플. 마차에 있는 신관들을 구하고, 나와 리타도 도망 친다.

그러니까,

"세실. 내가 뛰어가면 한 번 더 『플레임 애로』로 견제. 그 다음
에는 『고대어 영창』으로 『파이어 볼』을 준비. 내가 신호하면 날
려버려도 돼!"

"알겠습니다. 조심하세요, 나기 님."

세실은 얼이 빠질 정도로, 간단히 고개를 끄덕였다.

망설임은 전혀 없는 것 같다.

"나기 님이 죽으면 저도 죽——."

"갔다 올게! 내 뒤를 잘 부탁해."

끝까지 듣지도 않고, 뛰쳐나갔다.

자, 처음으로 마물과 전투다. 내 스킬로 어디까지 할 수 있을까.

"발동 『스킬 재구축』!"

뛰어가며, 스킬을 기동했다.

리스크는 확실히 계산했다.

여기 있는 건 리타 하나뿐. 다른 신관들은 마차에 머리를 처박
고 마비된 상태.

리타는 세실한테 완전히 반했으니까, 부탁하면 비밀은 지켜줄
것 같다.

조금, 이상한 스킬을 보여줘도 괜찮겠지. 아마도.

그리고 내 목적은 마차에 처박힌 신관들을 구하는 것과, 그럴
틈을 만드는 것.

마물 퇴치는 내가 할 일이 아니다.

솔직히 스킬 LV15 짜리 모험자들도 쓰러트리지 못한 놈을 내가 어떻게 할 수 있을 리가 없잖아.

뭐, 일단은 호신용 무기는 가지고 있지만, 나한테 전투용 스킬은 하나밖에 없다.

지금은 그걸 쓰자. 쓰러트리기 위해서가 아니라, 적의 움직임을 조금이라도 막기 위해서.

현재, 내가 가지고 있는 스킬 중에 재구축 할 수 있는 건──

『검술 LV2』『이세계 회화 LV5』『명상 LV1』『치유 LV1』

이걸로 어떻게 '레비아탄'을 막을지가 문제다.

……그러고 보니 원래 세계에서 게임을 만들었을 때, 재생능력을 가진 적을 어떻게 '쓰러트릴 수 있을까' 생각했었지.

화력으로 압도하는 건 너무 당연하니까, 뭔가 기발한 방법은 없을까. 생각하고 또 생각해서──실제로 만들었다가 난리가 난 게 있었는데.

해 볼까.

나는 『능력 재구축』에 『검술 LV2』와 『치유 LV1』을 세팅했다.

『검술 LV2』
(1)「검이나 도」로 「주는 대미지」를 「늘리는(10%+『검술』LV×10%)」 스킬

『치유 LV1』

(2)「육체」의 「회복력」을 「높이는」 스킬

무를 수는 없다. 되겠지. 아마, 이거면 되겠지.

그럼,

"실행!『능력 재구축』!"

"뭐 하는 거야!『계약』을 했으니까 빨리 일 하라고."

또다시, 호수 쪽에서 몰려오는 촉수.

그 중 하나를, 리타가 주먹으로 후려쳤다.

파괴된 촉수는 움직임을 멈추고, 재생을 시작했다.

나는 그 녀석의 상처를 숏 소드로 벴다.

추왁, 점액이 튀었다. 좋았어, 맞았다.

레벨은 내려갔지만 검술이 들어갔으니까, 움직임이 멈추면 공격은 맞는구나.

"뭐야! 내가 쓰러트린 걸 베서 어쩌겠다는 거야?"

"보면 알아."

내가 상상한 대로라면.

봐,

꾸물꾸물, 꾸물꾸물, 푸왁.

재생하려던 촉수의 상처에서, 살덩이가 뿜어져 나왔다.

원래 크기보다 훨씬 커서, 끝부분만이 비대해졌다.

촉수는 그대로 우리를 덮치려다가—— 멈췄다. 움직이지 않는다.

끝부분이 너무 무거워서 들지를 못한다. 조금 올라갔다가, 다시 떨어지기를 반복.

"다, 당신, 대체 무슨 짓을 했어?!"

"촉수의 재생 능력을 폭주시켰지."

말하면서, 리타가 다른 촉수를 걷어찼다. 찢어진 촉수를, 내가 다시 숏 소드로 벴다. 재생력이 폭주한 촉수는, 끝 부분에 공을 달아놓은 모양이 됐다. '레비아탄'은 자기 촉수에 추를 달아놓은 꼴이 됐다.

촉수들이 차례로 움직이지 못하게 돼버렸다.

"어떻게든 되네. 같은 상황이라도, 게임에서는 난리가 났었는데."

역시 게임과 현실은 다르구나…….

【공략 게시판】

질문 : 어떻게 해도 재생 능력이 있는 중간보스를 쓰러트릴 수가 없습니다.

답변 : 중간보스에게 회복마법을 걸어서 재생능력을 폭주시키세요. 자멸합니다. 이 적한테만 회복 마법 커서가 이동한다는 걸 알아차렸을 겁니다. 그리고…… (이하 설명)

질문 : 알게 뭐야. 내 시간 내놔…….

……음, 뭐 이런 일도 있었지.

그건 그렇다 치고, 이번에 『능력 재구축』으로 만든 스킬은 두 개.

『증여(贈與) 검술 LV1』(R)

(1)『검이나 도』로 「회복력」을 「늘리는(10%+『검술』LV×10%)」 스킬

'증여검술' LV×10%+10%(현재 증가치 : 20%).

『무도(無刀) 격투 LV1』(R)

(2)「육체」로 「주는 대미지」를 「높이는」 스킬

효과 : 맨손 상태에서 상대에게 주는 대미지를 상승시킨다.

『치유 LV1』이 「육체」의 「회복력」을 「높이는」 것이니까, 중간에 있는 말을 바꿔봤다. 역시 혼자서 만들면 치트급은 안 나오네.

『증여 검술 LV1』은, 내가 벤 상대의 회복력을 높여준다.

그리고, 상대의 회복력이 100%였던 경우에는 120%가 된다.

재생능력이 폭주한다.

'레비아탄'의 재생능력이 '즉시 회복 100%'라면, 『증여 검술 LV1』은 그걸 '즉시 회복 120%'로 바꿔준다는 뜻이다.

'레비아탄'의 촉수에, 군살이 20% 붙는다…… 는 건 아닌 것 같지만, 이상하게 재생되는 건 틀림없다.

예를 들자면, 사람의 팔이 갑자기 무거워지면 어떻게 될까?

움직임도, 어깨나 팔꿈치에 걸리는 부하도 전부 달라진다.

그리고 '레비아탄'의 촉수는, 아마도 본능에 따라 움직이고 있다. 재생능력은 제어할 수 없겠지.

그러니까, 이 녀석은 자기 촉수가 왜 갑자기 무거워졌는지도 모른다. 제대로 움직일 리가 없다.

"자세한 건 비밀이지만, 내 검은 적의 재생능력을 폭주하게 만들거든. 단, 레벨이 낮아서 명중률이 엉망이야."

나는 리타에게 설명했다.

리타는 싫다는 얼굴로,

"그러니까…… 그쪽은 내가 파괴해서 움직임을 멈춘 촉수를 베는 수밖에 없다는 말이야?"

"그런 얘기지. 의뢰비를 깎아줬으니까 방패 역할 잘 해줘."

"너무해! 역시 인간 말종이었어!"

어쩔 수 없잖아, 난 치트 캐릭터가 아니니까.

금색 머리카락을 휘날리며, 리타는 촉수 세 개를 한 번에 걸어 찼다.

나는 움직임을 멈춘 촉수에게 숏 소드로 상처를 입혔다. 서걱, 하고.

이하, 반복.

"잠깐, 까불고 있을 때가 아냐! 뒤에!"

갑자기, 리타가 날 밀쳤다.

깜짝 놀라 뒤를 보니, 내 뒤에는 '마비 침'을 내민 촉수가.

"너 초보자야? 정말이지!"

나를 감싼 리타의 어깨를 '마비 침'이 살짝 그었다.

하지만, 리타는 대담하게 웃었다.

"그딴 건 소용없어!『신성 가호』!!"

리타의 온 몸이 금색으로 빛났다. '마비 침'은 부서지고, 그 틈에 리타의 발차기가 촉수를 잘라버렸다.

"……의외로 대단한데, 리타."

"신관장이니까! 어려서부터 노력했으니까!"

『신성가호』의 효과는, 독이나 마비를 무효화하는 거야, 라고, 리타는 자랑했다.

신관들이 전부 마비됐는데 혼자 팔팔한 건, 그것 때문이었나.

'이투르나 교단'에는 이상한 놈들만 있는 줄 알았는데.

리타는 촉수들을 차례로 쓰러트렸다. 마치 촉수의 궤도를 다 안다는 것처럼.

가끔씩, 코를 킁킁거리면서 뭔가 냄새를 맡고 있다.

세실이 말한 대로다. 이 녀석, 꽤 대단한데.

이제 교단 놈들만 구해주면 된다.

그런데…… 나 혼자서 옮기는 건 귀찮은데. 마차를 움직일 수 있으면 좋겠어.

음…….

"저기, 리타."

나는 리타에게 물어봤다.

"마차 말이야, 집 같지 않아?"

"뭐어?"

발이 튀어나온 마차를 가리키면서 묻자, 리타가 황당하다는 소리를 냈다.

완전히 중량이 초과한 마차는 바퀴가 흙 속에 박혀 있는데, 그래도 기적적으로 넘어지지 않고 서 있다.

"무슨 소리야, 마차는 마차잖아."

"그래도 외국에서는 차—— 가 아니라…… 그러니까, 저런 탈것 속에서 사는 사람들도 있다고 하니까. 마차도 비슷하잖아. 벽도 있고 지붕도 문도 있으니까, 집이라고 해도 되지 않을까 싶어서."

"그렇긴 한데…… 그래서?"

"집이라는 건, 건축물이지?"

"그럴 지도 모르지만, 그게 어쨌다는 건데?!"

"응, 건축물이라고 봐도 되겠지."

나는 마차로 뛰어가서, 주먹을 치켜 들었다.

프레임이 있는 부분, 제일 튼튼해 보이는 곳을 노리고—!

『건축물 강타 LV1』(파괴 특성 무효)!!"

덜컹덜컹컹덜컹덜컹—쾅당.

응, 역시 좀 무리였네.

마차는 충격 때문에 40 미터 정도 달려가다가 차축이 부러졌고, 그대로 옆으로 자빠졌다.

뭐 됐어. 이 정도 떨어지면 되겠지.

"뭐야?! 뭐냐고 이게?!"

"마차를 집이라고 생각하면, 건축물에 대미지를 주는 스킬로 움직일 수 있지 않을까, 싶었는데…… 저 정도 갔으면 되겠지?"

"너, 대체 뭐야?! 그냥 나쁜 놈이 아니었어?!"

"일단 나쁜 놈은 아니고—— 아니, 그건 됐으니까 빨리 도망쳐!"

나와 리타는 뛰어갔다.

'레비아탄'은 자기 촉수가 방해돼서 움직이지 못한다. 호숫가에서 버둥대고 있을 뿐.

마차는 충분히, 호수에서 떨어졌다.

싸우지 않고 도망쳐도 되지만, 세실의 마법 위력도 확인해두고 싶다.

'레비아탄'에게 대미지를 주면, 귀중한 아이템을 떨어트릴지도 모르고.

"세실! 쏴도 돼!!"

뛰어가며, 나는 여전히 영창하고 있는 세실에게 외쳤다.

어둠 속 저편에서, 세실이, 고개를 끄덕, 하는 걸 알 수 있었다.

그리고——

"『그대는 16방위에 작렬의 구멍을 뚫는 화산과도 같이—— 파이어 볼!!』"

고대어 마법 『파이어 볼』이 작렬했다.

호수가 날아가 버렸다.

이번에 사용한 스킬

『증여 검술 LV1』

　검이나 도로 벤 상대의 회복력을 20% 높인다.

　검이나 도로 입힌 대미지가 감소하는 것은 아니며, 어디까지나 벤 상대의 회복력이 증가될 뿐이다.

　레벨이 상승하면 회복력 증가 퍼센티지가 커지기 때문에 벤 상태의 회복력도 높아지기 때문에, 상처가 치료되면 또 베는 등의 고문에도 사용할 수 있는 흉악한 스킬이라고 할 수도 있다.

제10화 「신관장은 긍정적. 내방자는 부정적」

주위에 수증기가 잔뜩 고였다.

호수가 날아갔다, 고 했지만, 기껏해야 3분의 1 정도겠지.

하지만 조금 전까지 들리던, 고래가 날뛰는 것 같은 소리는 들리지 않는다.

나와 리타가 촉수를 상대로 싸웠던 쪽의 흙이 파여서, 그곳으로 물이 흘러 들어왔다. 내 머리 위에서 쏟아지는 것은 비가 아니라, 하늘로 날아갔던 호수의 물이다.

'레비아탄'은……. 보세요, 흔적도 없습니다.

날아가 버린 건지, 도망친 건지. 뭐, 그건 별 상관 없어.

"여전히 치트급이네, 고대어 마법."

노예가 치트입니다. 대체 어떻게 해야 좋을까요.

"……정말 답이 없네."

나도 리타도 무사했다.

나는 세실의 주인이라서, 그 마법의 영향은 안 받은 것 같다. 어차피 뛰어서 안전거리는 확보했지만. 마찬가지로 리타도 무사.

'이투르나 교단' 사람들도 살아있는 것 같다. 호수에서 떨어진 데다가, 마차가 방패가 돼서 막아준 것도 같고. 마차 자체는 산산조각이 났고, 타고 있던 사람들은 여전히 마비된 채, 조금 떨어진 곳에 자빠져 있다. 거의 기절한 상태.

신관 중에 한 명과 눈이 마주쳤다. 마비가 안 풀렸는지, 멍하니 앉아 있다. 아무튼 살아 있으니 됐지. 나한테 도움을 받았다고 증언을 해주면 좋겠는데.

그리고, 자세히 보니 내 발밑에는 물고기 비늘 같은 게 떨어져 있었다.

스킬 크리스탈── 은 아닌가. 효과를 모르겠으니까.

'레비아탄'이 떨어트린 아이템이려나. 챙겨두자.

"……나기…… 뉘임……."

"세실?"

빗줄기 너머에, 세실이 있다.

머리에서 김이 나는 것처럼 보였다.

옷은 흠뻑 젖었고, 긴 머리카락이 몸에 감겨 있다. 눈은 당장이라도 잠들어버릴 것 같고, 무엇보다 얼굴이 새빨갛다.

"괘, 괜찮아?! 무슨 일 있었어?! 세실!"

"갠차나요…… 좀…… 마력을…… 마니, 써……."

깨꼬닥.

하고 쓰러지려는 작은 몸을, 황급히 잡아줬다.

마력을 너무 많이…… 그렇구나.

마족이라고 해도 몸이 작은 세실한테는, 고대어 마법『파이어볼』은 마력 소모가 너무 심했던 건가.

위력이 이 정도니까.『고대어 마법』은『라이트』나『플레임 애로』정도가 평소에 쓸 수 있는 한계치인지도 모르겠다.

그런 부분도, 앞으로 잘 생각해 둬야겠다.

"수고했어. 그만 가자, 세실."

"잠깐 기다려!"

아, 귀찮은 놈이 남아 있었다.

세실을 안은 채 고개를 돌려보니, 로브 여기저기가 그을린 신관장 리타가, 우리를 노려보고 있다.

"수고했어, 리타 신관장. 이걸로 내 쪽은 『계약』을 완수했다고 보면 되겠지?"

"그래…… 그쪽 『계약』은 완료됐어. 우리를 저 괴물한테서 구해줬으니까."

"그럼 일이 끝났으니까 퇴근할게. 안녕."

"잠깐, 당신들 대체 뭐야?"

"잔업은 싫거든요. 정시에 퇴근하게 해주세요."

"농담하지 말고. 재생력을 폭주시키는 스킬 따위는 들어본 적도 없어. 그리고, 아까 그 마법은 뭐야? 그 정도 마법을 쓸 수 있는 여자애가, 어째서 네 노예인 거냐고?!"

"난 동방에서 온 지 얼마 안 됐어."

리타는 그럭저럭 믿고 있다.

세실에게 잘 대해줬고, 스킬 크리스털도 줬고.

마을에 도착한 뒤에 정보를 수집하려고도 했다. 그런 부분은 상식적이다.

하지만 뭐, 그건 그거고.

"저 멀리 섬나라 출신인데, 그래서 묘한 스킬을 가지고 있을 뿐이야. 그리고, 난 그렇다 치고."

따지고 들기 전에, 다른 이야기를 하기로 했다. 살짝 손짓을 해서, 리타를 신관들과 떨어진 곳으로 데려갔다. 저 상태에서 들릴 리는 없겠지만, 저 녀석들한텐 들려주고 싶지 않은 얘기니까.

"리타 너 말이야…… 교단을 그만두는 게 좋지 않겠어?"

"왜?! 기껏 신관장이 됐는데!"

"교의로 똘똘 뭉쳐서 말도 안 듣는 부하들이랑 있으면 좋아?"

저 녀석들은 리타도, 마을 사람들도 전부 무시했다. 그리고 결국 이 꼴이 됐고. 피해를 본 사람은, 정상적인 감각을 가진 리타뿐이었다.

이러면 손해잖아.

"이번엔 다치지 않고 넘어갔지만, 더 험한 꼴을 보기 전에 교단에서 나오는 게 좋지 않을까? 딱히 데미 휴먼을 차별하는 것도 아니고, 정상적인 판단력도 있으니까."

"싫어! 교단을 그만두면 갈 데가 없단 말이야!"

"모험자가 된다든지? 네 전투능력이라면 원하는 사람도 있을 텐데?"

"원하…… 려나? 넌 어때?"

"응? 아, 그래. 전위에서 싸워줄 사람이 필요하긴 하지."

"그래…………. 고마워."

얼굴이 살짝 빨개진 리타는 어흠, 헛기침을 하고.

"그, 그래도. 이제 와서 삶의 방식을 바꿀 수는 없어. 무섭거든. 나, 어릴 적부터 계속 교단에서만 일했으니까."

"으음."

역시 내가 충고할 일이 아니었다.

그래도 말이야. 리타가 일하는 직장, 내 경험에 비춰보면 상당히 위험한 쪽인데.

그래서 왠지 그냥 둘 수 없다는 생각이 든다.

"리타가 신관장이 된 건 말이야……."

"메테칼에서 신자를 모으려면 예쁜 소녀가 좋으니까, 그걸 위한 일시적인 처치. 사람을 모으기 위한 간판이자 인형, 이란 말이지?"

리타는 아무렇지도 않다는 듯이 말했다.

뭐야, 알고 있었나.

"그래도, 나한테 기회인 건 맞으니까. 신자를 잔뜩 모으면 메테칼의 교단 지부를 다스리는 사교님도 내 공적을 무시하지 못하겠지? 그렇게 실적을 쌓아서 위로 올라가는 거야. 교단을 안쪽에서부터 바꾸기 위해서."

리타는 저쪽에 쓰러져 있는 신관들을 보고, 씁쓸하게 웃었다.

"전에도 말했잖아? 나한테 수인 친구들이 있었다고. 그 사람들한테 말해주고 싶어. 나는 종족으로 상대를 차별하지 않는다고. 그걸 알아줬으면 싶어."

이 녀석…… 역시 대단하네.

조직을 바꿀 수 있는 인간은, 리타 같은 녀석인지도 모른다.

"그러고 보니, 아직 고맙다는 인사도 안 했네. 정말 고마워."

리타는 고개를 깊이 숙여서 인사했다.

"너…… 그러니까, 나기였던가. 나기랑 세실 덕분에 목숨을 구했어. 이 일에 대해서는 메테칼에 있는 교단 지부에도 꼭 전하겠습니다. 보수도 반드시 지불할 테니까 안심해."

"『계약』했으니까."

"나…… 나기 네 노예가 되는 건 딱 질색이야."

얼굴이 약간 빨개져서, 리타가 말했다.

그리고, 내가 안고 있는 세실을 보고.

"그래도, 세실을 소중하게 여기는 건 사실인가보네. 그것만은 평가해줄게. 심한 말을 해서 미안해."

"응. 알아줬으니 됐어. 그럼, 우린 이만 사라질게."

"뭐?"

"그리고, 내 스킬이나 세실의 마법에 대해서는 비밀로 해주면 고맙겠어."

"그건 괜찮지만…… 하지만, 호수의 괴물을 물리쳤습니다, 라고 하면, 마을에서 보수를 주지 않을까?"

"음~ 됐어. 괜히 길드 사람들한테 일을 가로챘다고 원한을 살 것 같으니까. '레비아탄'은 우리가 신관들을 구해준 다음에, 지나가던 사람의 마법에 놀라서 도망쳤다. 호수가 이상해진 건, 그 놈이 날뛴 탓이다…… 그렇게 말을 맞춰줄래. 세실을 위해서라도 말이야."

나와 세실이 한 일은 어디까지나 인명구조.

보수는 '레비아탄'의 촉수를 상대하면서 목숨을 걸고 마차를 피난시킨 몫만큼, 이 된다.

"알았어. 그렇게 해줄게. 사정이 있는 거지?"

"고마워. 리타."

혹시 모르니까, 우리의 능력에 대해서는 입을 다물어달라고 『계약』을 할까도 했지만…… 뭐, 그럴 필요는 없겠지.

리타는 믿어도 될 것 같다고 할까…… 그냥 내가 믿고 싶은 건지도 모르겠다.

전투 중에는 방패가 돼줬고, 마비 침에 맞지 않게 감싸주기도 했다. 그러지 않았으면, 지금쯤 나도 마비돼서 꼼짝도 못 했을 테고.

그리고 세실이 리타를 좋아하는 것 같고 말이야.

그런 리타를 『계약』으로 입을 다물게 하면, 세실한테 뭐라고 할 말이 없다.

"나기…… 너, 특이하네."

"어디가? 그냥 평범하잖아."

"계산적인 것 같으면서도 의외로 사람이 좋아."

"우리는 그냥 여기 마법 연습하러 온 건데?"

리타네가 공격당한 것도, '레비아탄'이 있던 것도 전부 우연이거든?

"세실이 쓰러진 걸 보고 얼굴이 새파래질 정도로 소중히 여기고 있어."

"어두워서 내 낯빛이 보였을 리가 없잖아."

"도와달라고 의뢰했을 때도, 보수를 세게 부를 줄 알았는데 전혀 그러지 않았잖아."

"먼 나라에서 온 탓에, 이쪽 룰을 모르거든."

"흐음~."

갑자기 리타가 얼굴을 나한테 들이댔다. 왠지 코를 킁킁거리면서…… 잠깐, 내 냄새를 맡는 거야? 왜?

"나쁜 냄새는 안 나는 것 같은데……? 잘 모르겠어…… 신기한 냄새."

"저, 저기? 뭐야 그게? 냄새로 뭘 알 수 있는 거야?"

"아…… 알 리가 없잖아…… 동물도 아니고……!"

나도 모르게 몸을 뒤로 뺐고, 리타도 홱, 하고 고개를 뒤로 뺐다.

깜짝 놀랐네. 그보다, 너무 가까웠어.

'레비아탄'과 맨손으로 싸우고, 얼굴을 들이대고는 냄새를 맡고, 뭐랄까…… 리타는 가끔씩 동물 같다니까. 야생의 짐승이라는 이미지다. 촉수 공격도, 기척을 느끼고 쳐내고 말이야.

"아, 아무튼! 알았으니까. 네 말대로 해 줄 테니까!"

얼버무리려는 것처럼 헛기침을 하고, 리타가 손을 내밀었다.

악수를 하자는 것 같다.

"저기 나기, 언젠가 내가 교황이 돼서 교단을 바꾸면, 내 부하가 돼 줄래?"

"그때까지, 내가 일하지 않고도 살 수 있는 상황을 만들지 못했으면, 생각해볼게."

"정말 이상하다니까."

리타가 웃었다.

그리고 우리는 악수를 하고, 헤어졌다.

숙소로 돌아온 뒤에는 딱히 특별한 일은 없었다.

달라진 점이라면 다음날 아침에 생선 소금구이가 나온 정도.

'레비아탄'이 없어진 덕분에 마을에서 큰 소동이 벌어졌다. 길드 사람들은 '의뢰가 하나 사라졌다'고 화를 냈지만, 다음에 왔을 때 마을에서 생선 요리를 대접하겠다고 하니까 기분을 풀었다.

'이투르나 교단'은 마차가 부서지고 신관들이 다친 탓에, 이틀 정도 이 마을에 머물게 됐다는 것 같다.

우리는 그대로 숙소에서 나와, 성채도시 메테칼로 향했다.

은근슬쩍 길드 마차 뒤에 붙어서 걸어간 덕분인지, 마물의 습격은 없었다. 무사히 메테칼의 여관에 도착한 것은 그날 저녁.

왠지 엄청나게 많이 일한 기분이 든다. 길드에 등록할 때까지 하루…… 아니, 이틀 정도는 쉬어도 되겠지…… 그래, 쉬자.

그렇게 해서 첫날은 데굴데굴하고, 둘째 날은 메테칼 시내 산책.

장을 본 뒤에 '이투르나 교단' 지부에 들러서, 우리가 묵는 곳의 이름을 알려줬다. 리타에게 전해달라고.

뭐, 교단에 이래저래 설명하려면 시간이 걸릴 테니까, 보수가 나올 때까지 며칠은 걸리겠지 —— 라고 생각했는데, 그날 밤.

식사를 마치고 모험자 길드에 등록할 준비를 하고 있는데, 문 두드리는 소리가 났고.

문을 열었더니 리타가 서 있었다.

"교단에서…… 잘렸어."

………………예?

제11화 「리타 신관장의 화려한 전직(轉職)」

　진정하고 생각 좀 해보자.

　당장이라도 울음을 터트릴 것 같은 얼굴로 문 앞에 서 있는 사람은 '이투르나 교단'의 신관장 리타. 이건 틀림없다. 지난번하고 똑같은 로브를 입었고, 찰랑찰랑한 금발도 분홍색 눈동자도 그대로다.

　아니…… 조금 다른가?

　목줄을 차고 있다. 세실과 똑같은. 가죽 목줄이다.

　그렇다면, 리타도 노예가 됐다는, 그런 얘긴가?

　누구한테?

　"나기."

　내가 목줄을 빤히 보는 걸 알아차렸는지, 리타가 말했다.

　"나?"

　"그래."

　"노예?"

　"응."

　"누가?"

　"내가."

　"어째서?"

　"『계약』했잖아."

　"했지만. 분명히 했지만."

　2만 아르샤로 교단 사람들을 구해준다고 '계약' 했다.

그때 리타가 뭐라고 했더라?

"'이투르나 교단'의 캐러밴 대표로서 『계약』합니다. 2만 아르샤를 지불할 테니까 우리를 구해줘! 돈을 지불하지 않으면, 날 네 노예로 삼든지 마음대로 하면 되잖아!"

"……돈을 내면 되잖아."

"그러니까! 교단에서 잘렸다고 했잖아!"

"지금까지 급여나 저축한 돈은?"

"급여가 나오는 건 신관 이상이고, 그 밑에는 생활비로 까는 거야! 난 이제 막 3계급 특진으로 신관장이 돼서, 아직 급여를 받지도 못했고!"

쿵, 하고, 리타가 방 안으로 들어왔다.

그대로 손을 뒤로 뻗어서 문을 잠그고, 나한테 소리를 지르겠다 싶었더니— 울음을 터트렸다.

입술을 깨문 채, 눈물이 계속해서 흘러나왔다.

"나, 난 분명히 말했어. 나기랑 세실이 날 구해줬다고. '레비아탄'이랑 싸우는 날 도와주고, 마차를 안전한 곳까지 옮겨줬다. 목숨을 걸었다고, 분명히 얘기했단 말이야!"

팡, 팡팡, 리타는 침대를 두드렸다.

먼지 나고 세실이 놀라니까 그만하세요.

"인명 구조의 보수로 2만 아르샤. 교단의 명예를 걸고 지불해야 한다고 말했어."

"그랬더니, 어떻게 됐어?"

"그러니까……."

리타는 세실 쪽을 흘끗 보고, 슬픈 얼굴로,

"……마물한테 공격당한 건, 사악한 다크 엘프를 마차에 태웠기 때문이라고…… 여신이 벌을 내렸다고 했어."

"좋았어, 지금 당장 교단을 박살내러 가자."

치트 해금이다. 지금 당장 없애자. 그래야겠다.

웃기지 말라고.

그게 구해준 사람한테 할 소리냐.

"세실, 『고대어 파이어 볼』 사용을 허락한다. '이투르나 교단' 지부를 날려버리자."

"그러지 마세요!"

세실은 당황해서 내 손을 붙잡았다.

"전 무슨 소리를 들어도 신경 안 써요. 나기 님의 목적은 '힘을 숨기고 쓸모없는 척 하면서 세상을 헤쳐 나가자'였죠? 그렇게 눈에 띄는 짓을 해서 어쩌려고요?"

"이번만이야. 그냥 조용히 태워버리기만 할 거니까."

"제가 곤란해요. 나기 님 마음은 너무 기쁘고, 새삼 반했으니까 제발 그만두세요."

"……쳇."

이세계의 블랙 기업한테 한 방 먹여주려고 했는데.

원래 세계에서 아르바이트하고 돈을 못 받았을 때도 이렇게 화가 나진 않았었다.

"그래서, 리타는 그 말을 듣고 어떻게 했는데?"

"그게~ 나도 좀 열이 받아서 말이야. 나도 모르게, 사교님한테 인간 말종이라고 해버렸지. 에헤헤."

지금 쑥스러워할 부분이 아니거든.

"그래서 『신성계 스킬』을 봉인당했고. 하하하."

거기, 웃을 부분이 아니라고.

"정말이지~ 내가 좀 더 어른인 줄 알았는데 말이야~. 하지만 세실한테 심한 말을 하고, 같이 있던 신관들도 '너 때문이다! 어떻게 책임을 질 셈이냐?!'라고 몰아붙여서, 나도 모르게 소리를 질러버렸어…… '이 인간 말종!'이라고.

그랬더니 사교님이 '그렇게까지 말한다면 그 모험자에게 보수를 지불하는 것에 대해 생각할 수도 있다. 하지만 너는 폭언에 대한 벌로서 봉인을 받으라'고 했고."

"리타는 가만히 『신성력』 봉인을 받아들였다는 거야?"

"그렇다니까~. 그리고, 사교님이랑 부사교랑 다른 신관들이 다시 한 번 의논한 결과가."

"역시 못 주겠다?"

"잘도 아네."

"그리고, 리타는 또 사교한테 인간 말종이라고 했고?"

"아니. 돌려차기를 먹였지."

잘릴 만도 했네.

그거, 퇴직할 때 하면 안 되는 짓 베스트 3에 들어가는 짓이거든.

"괜찮아, 맞진 않았어. 취미가 이상한 수염에 스쳤을 뿐이야. 멋대로 눈을 돌린 사교님이 잘못한 거야. 그리고, 발은 깨끗이 씻었고."

"그래도 안 된다니까. 그리고 마지막에 그건 아무 상관없고."

"그 다음엔, 교단 사람들한테 붙잡혀서, 교단 지부 밖으로 내던지고는 '꺼져라, 넌 해고다!'라고, 그렇게 끝났지."

무거운 분위기를 떨쳐내려는 건지, 리타는 짝, 짝짝, 하고 손뼉을 쳤다.

"나…… 역시 착각했었어."

리타는 길게 한숨을 쉬었다.

"이제 알았어. 나는 신관장에 어울리지 않는 것 같다고, 말이야."

"그건 교단 쪽에 문제가 있는 거지."

"아냐. 사교님한테 돌려차기를 날렸을 때, 내가 교단 안에서 엄청나게 무리하고 있었다는 걸 알았거든. 교단 쪽에 문제가 있어도 잘하는 사람은 잘하잖아. 하지만 난 그러지 못했던 거야. 언젠간 이렇게 됐을 거야, 아마도."

리타는 음~ 하고 기지개를 켜고, 개운한 얼굴로 말했다.

"지금 알아서 다행인지도 몰라. 10년이나 20년 뒤에 알았으면 돌이킬 수 없었을 테니까. 더 절망했을 거야, 틀림없이. 인생이 흔들릴 정도로. 이걸로 잘된 거야."

그렇구나.

뭐, 저지른 일은 어쩔 수 없고, 본인이 납득했다면 그걸로.

……어라? 왜 내 앞에서 무릎을 꿇는 거지?

내 손을 소중히 받들고, 입을 맞추고── 잠깐, 뭐 하는 거야?

"『계약』의 이름 아래, 나기를 제 주인으로 인정하고 이 몸과 마음, 혼을 바치고, 노예로서 섬길 것을, 여기에 맹세합니다. 바라기를, 내세에서도 이 인연이 끊어지지 않기를."

"……리타?"

"이 목걸이 안 보여?"

"보이는데?"

"이게 『계약』이 발동했다는 증거야. 교단에서 잘린 시점에서 나기한테 계약한 보수를 지불할 수 없게 됐으니까, 나는 또 하나의 약속인 '지불하지 않으면, 날 네 노예로 삼든지 마음대로 하면 되잖아'를 지켜야 하게 됐어. 이 목걸이가, 그 증거. '계약'의 결과야."

그렇게 말하고, 리타는 내 왼손의 반지를 만졌다.

세실과 계약했을 때 생긴 빨간 수정 구슬 옆에 같은 크기의 분홍색 수정 구슬이 있다.

──잠깐, 어느새?!

"봐, 나기한테도 확실하게 '계약'의 증거가 나타났어……."

리타는 일어나서, 어째선지 볼이 발그레해져서 흘끗, 나를 봤다.

"각오는 됐어. 자, 주인님! 뭐든 하라고!"

나보다 약간 키가 작은 리타.

금색의 찰랑거리는 머리카락을 손가락으로 꼬면서, 새빨개진 얼굴로 고개를 숙이고 있다.

긴장한 건지, 어깨가 떨린다. 가느다란 목에 감긴 목걸이의 금속 부분이 짤랑, 하고 울렸다.

로브 속에서, 탄력 있어 보이는 가슴이 흔들린다.

맨손으로 '레비아탄'과 싸웠던 리타는 격투계 스킬 소유자. 단련한 탓인지 몸은 탄탄하게 날씬하고, 그러면서도, 나올 곳은 제대로 나와 있다. 나도 모르게 눈길을 사로잡혀서, 내가 리타의 가슴부터 허리께까지 빤히 보고 있다는 것을 알고, 당황해서 눈길을 돌렸다.

"뭐, 뭐든 하라고는, 무슨! 멋대로 각오해도 곤란하다고!"

"나도 고민했어. 엄청나게 생각했다고!"

"내 노예가 되는 건 싫다고 했잖아!"

"일단 말은 했으니까 '정말로 그렇게 되려나~'라는 생각만 했지, 구체적으로 생각한 건 아니라고! 나기나 세실이랑 같이 있게 된다든지, 이런 일이나 저런 일은. 그랬는데……."

"그랬는데?"

"……나기가 상대라면 싫지는 않으니까 어쩔 수 없잖아…… 어떻게 해줄 거야?! 이런 기분은 처음이라고! 책임져, 주인님!"

"그렇게 거만한 노예가 어디 있어!"

"교단밖에 몰랐던 나한테, 밖에서 보는 시점을 가르쳐준 건 나기잖아. 도와줬고, 충고까지 해줬어. 이렇게 말도 들어주고. 그런데…… 네가 노예를 소중히 여긴다는 건, 세실만 봐도 알 수 있거든! 그러니까 괜찮거든!"

"……괜찮다고 해도 말이야."

"그리고, 갈 곳도 없거든!"

"그게 진심이냐!"

"나기는 지금부터 모험자가 될 거잖아? 나, 신성계 스킬은 봉인됐어도, 격투계 스킬은 건재해. 세실이 후위, 내가 전위에서 싸우면 균형이 좋을 것 같은데?"

그 말을 들으니 나도 모르게 말문이 막혔다.

'내 목적은 최대한 온 힘을 다하지 않고 어떻게든 살아남는 것'이다.

딱히 마왕을 쓰러트리고 싶은 것도 아니고, 모험자 길드의 최고 위치에 올라가고 싶은 것도 아니다.

안전한 채집계 퀘스트를 하고, 그러는 사이에 스킬을 모아서 일하지 않아도 살아갈 수 있는 스킬을 만드는 것, 그게 내 최종 목표.

하지만, 아무리 그래도 이 세계에서는, 어쨌거나 전투 능력이 필요하다.

세실의 『고대어 영창』은 말이 필요 없는 치트 스킬이지만, 그만큼 영창 속도를 희생했다.

마법이 발동될 때까지 시간을 벌어줄 사람이 필요하다.

그건 길드에서 누군가와 파티를 맺으면 되는 일이지만, 그랬더니 그 동료가 '너희들 그 레어 스킬은 어떻게 손에 넣었냐?'고 의심할 수도 있다. 우리를 이해하고, 믿을 수 있는 동료—그런 사람이 쉽게 나타날 것 같지는 않다.

그런 면에서, 리타라면 거기에 딱 맞는다.

적어도 노예『계약』을 했다. 리타는 내 명령에 거역할 수 없다.

전투능력은 지난번에 봤다. 세실도 리타를 잘 따른다.

내가 다른 세계에서 온『내방자』라고 고백해도 신경 쓰지 않을 것 같고.

예쁘고.

나는 큰 가슴에도 관심이 없는 건 아니—— 가 아니고, 그건 됐고!

더할 나위 없는 조건이지만, 아~ 뭐랄까.

이 '사고 쳤다'는 느낌.

"전, 리타가, 좋거든요?"

"세시이이이이이이일! 정말 좋아."

"하지만, 정하는 건 나기님이에요."

차갑게.

세실은 본능적으로 끌어안으려던 리타한테, 찬물을 끼얹어버렸다.

이 부분은『계약』문제니까 어쩔 수 없는 건가…….

"내가…… 죽어도 싫다고 하면?"

"그때는…… 나기가 날 누구한테 넘겨야겠지. 주종관계는 이미 성립됐으니까."

"하아…….""

나는 머리를 긁었다.

생각해보면 이미『계약』은 성립됐으니까, 그 구속력은 나한테도 작용하고 있다.

나는 리타를 받아들일지, 다른 사람한테 넘길지 양자택일.

어느 쪽을 골라야 할지, 답은 정해져 있다.

하지만, 뭔가 마음에 걸린단 말이야.

그렇게 교단에 집착하던 리타가, 너무 깔끔하게 포기했다고 할까.

"저기, 리타. 뭔가 숨기는——."

"실례합니다. 좋은 말씀을 전해드리려고 왔습니다."

노크도 안 하고, 방문이 열렸다.

들어온 사람은, 보석이 달린 신관복을 입은 남자.

"'이투르나 교단' 부사교 아르기스라고 합니다. 『계약』 이야기를 하러 이렇게 왔습니다. 거기 있는 소녀, 리타 멜페스를 제가 사고자 합니다만."

제12화 「방문자, 노예에 대해서 말하다」

"당신은 그녀를 2만 아르샤에 샀다고 하더군요. 그렇다면 저는 그 열배, 20만 아르샤를 지불하겠습니다. 물론 일시불로. 당신이 모험자라면 앞으로 일 년 동안, 교단에서 회복마법 전문가를 파티 멤버로, 무료로 파견해 드리겠습니다. 이것은 무상 옵션입니다. 그리고……."

"잠깐만. 멋대로 얘기하지 말고. 당신 뭐야?"

"말씀 드리지 않았습니까? '이투르나 교단' 부사교 아르기스입니다. 거기 있는 리타 멜페스의 직속 상사입니다."

남자는 나한테 공손하게 고개를 숙였다.

방에 있는 세실과 리타한테는 눈길도 주지 않고.

어디까지나 주인인 나하고만 얘기하겠다는 뜻인 것 같다.

"리타는 교단에서 잘렸잖아?"

"예. 하지만, 사교님을 걷어차는 불상사를 일으킨 자는 노예로 팔아야 마땅하다는 제 의견을, 상층부에서 받아들여 주셨습니다."

자연스럽게, 당연하다는 듯이, 눈앞에 있는 남자가 말했다.

파란 눈을 가늘게 뜨고, 자비롭다고 말해도 될 것 같은, 상냥한 얼굴로.

"무슨 블랙 기업이냐고……."

"말씀의 의미를 모르겠습니다만."

"악취미라는 얘기야."

"그런데, 리타는 이미 당신과의 주종 『계약』이 성립돼버렸습니다. 소유자가 존재하는 노예를 저희가 멋대로 매매하는 것은 불가능합니다. 『계약』은 신께서 정하신 일. 저희 교단에서도 무시할 수는 없습니다."

아르기스라는 남자는 살짝 혀를 찼다.

"그녀는 교단에서 해고될 때까지, 당신과 노예 계약까지 했다는 것을 말하지 않았습니다. 말했다면 2만 아르샤 정도는 제가 어떻게 했을 터인데. 그랬다면 이야기가 간단히 해결됐고."

"그래서 나한테 왔다는 건가…… 리타를 사서 어쩌려고?"

"당연히, 제 노예로 삼을 것입니다."

부사교가 그제야, 리타를 봤다.

"그녀는 젊고 아름답습니다. 머리카락은 금색 실 같고, 눈동자는 보석 같지요. 하얀 피부는 보기만 해도 그 촉감이 상상이 되지요? 커다랗게 맺힌 두 개의 과실을 만져보고 싶지 않은 인간이 있겠습니까? 아니, 없습니다! 그런 그녀를, 어디의 누구인지도 모르는 모험자한테 넘길 수 있겠는가!"

이글거리는 시선과, 목소리.

으아~ 이 자식 변태다.

"그러니, 그녀를 제게 양도해주셨으면 합니다. 교단의 질서를 지키기 위해."

"싫어!"

리타가 정말로 싫다는 듯이 몸을 부들부들 떨었다.

"싫어! 당신 같은 건 정말 싫어! 대체 뭔데?! 난 이미 교단에서 잘렸으니까 상관없잖아!"

"그것은 절차상의 문제. 감정상으로는 아직 제 부하입니다."

"의미를 모르겠거든! 싫어! 난, 나기가 좋아! 나기가 좋거든!"

리타가 내 등에 매달렸다.

나도 리타와 같은 생각이다. 의미를 모르겠다.

마치 리타를 위에서부터 아래까지 더듬는 것 같은 시선이 징그럽다.

뭐냐고, 이 자식.

집까지 쳐들어와서, 영문 모를 소리나 하고.

이쪽은 이미 일을 그만뒀는데.

언제까지고 직장의 상하관계를 들이대고.

상사였으면, 자신이 인간적으로 위에 있다든지, 외부인한테 명령해도 된다고―그렇게 착각하는 거 아냐? 기분 나쁘게…….

이상하다. 뭐지, 이 기분. 어지럽다. 토할 것 같다.

머릿속이 부글부글 끓는 것 같다.

"……200억 아르샤."

나도 모르게, 말했다.

"그렇군요, 이쪽이 제시한 금액의 열 배를 제시하다니, 역시 돈에 목숨을 건 모험자. 그렇다면 교섭하죠. 그쪽이 200억을 제시했다면 이쪽은………… 응? 억? 200만이 아니라?! 억?!"

"그래, 200억 아르샤다."

"뭐라고오오오오?! 200억이라고?!"

부사교가 절규했다.

무시하고, 계속해서 말했다.

"난 리타한테, 그만한 가치가 있다고 인정해."

"웃기는 소리 하지 마십시오! 200억 아르샤 씩이나 하는 노예가 어디 있다고?!"

"그쪽이 모를 뿐이야. 리타는 '치트 캐릭터'거든."

"'치트 캐릭터'?! 뭡니까 그게? 당신은 대체 무슨 소리를 하는 겁니까?!"

"리타는 달라질 거야. 댁은 상상도 못할 존재로. 다음에 만났을 때, 댁은 리타를 건드리지도 못할 걸."

"『신성력』을 봉인당한 그녀가?! 미리 말해두는데, 그녀의 신성력 봉인을 해제할 수 있는 건 나밖에 없다!"

"글쎄…… 과연 그럴까?"

최대한 기분 나쁘게 웃어줬다.

대충, 알겠다.

난 화가 났다.

그리고, 이 자식 같은 놈이, 정말 싫다.

"손님, 나가는 문은 저쪽입니다만?"

세실이 내 옆에 와서, 내 흉내를 내며 웃었다.

"나기 님이 리타 언니를 받아들인 이상, 저는 리타 언니를 지킬 의무가 있어요. 더 이상 시끄럽게 떠들면, 1200억 아르샤의 '치트 캐릭터'인 제가 필살 마법을 날릴 거거든요?"

"사악한 다크 엘프가!"

"맞거든요? 전, 나기 님의 적은 무조건 해치울 정도로 사악
해요."

세실이 노려보자, 부사교가 주춤했다.

그나저나 멋대로 금액 늘리지 말고, 세실.

나는 씁쓸하게 웃으면서 부사교에게 등을 돌리고, 리타의 손
을 잡았다.

리타의 가느다란 어깨를 밀어서, 아까처럼 무릎을 꿇게 했다.

그대로 목걸이에 손을 대고, 부사교에게 들리도록 선언했다.

"리타여, 그대에게 묻는다. 나는 그대에게 200억 아르샤의 가
치가 있다고 인정한다. 그 모습, 그 마음, 그 혼 모든 것에. 그대
가 그것을 받아들인다면, 리타의 생은 내 생에 속박될 것이다.
해방은 보다 멀어진다. 허나, 두 사람의 혼은 오랜 세월 함께 나
아가게 될 것이다. 그대는 그것을 바라는가, 아닌가?"

그 말에, 리타가 헉, 하는 표정이 됐다.

깜박깜박, 눈짓을 했다.

리타는 얼굴이 약간 빨개져서 고개를 끄덕였다. 이해한 것
같다.

"……받아들이겠습니다. 주인님. 저를 당신의 혼과 함께 하는
자가 되게 해 주십시오."

"저딴 놈한테는 들려줄 필요 없다. 나한테만 들리게 말해다
오, 리타."

"예…… 주인님…………"

리타는 나한테 얼굴을 가져다댔다. 희미한, 정말로 작은 목소리로 속삭였다.

"『계약』."

"안 돼! 그런 계약을 하면, 너는 평생 그 녀석한테서 떨어질 수 없게 된다!"

아르기스 부사교가 외쳤다. 마침 좋은 타이밍이다.

그 녀석의 목소리에 겹쳐지게, 입만 움직였다.

"＿＿＿."

나는 말하지 않았다. 내 메달리온은 리타가 걸고 있는 메달리온 옆으로 지나가서, 리타의 목걸이 금속 부분에 닿아서 땡, 소리를 울렸다.

리타를 200억 아르샤의 노예로 만드는 『계약』은 성립되지 않았다.

하지만 메달리온이 빛났는지 아닌지, 내 몸에 가려져서 부사교한테는 안 보였을 것이다.

부사교가 착각하게 만들기만 하면 되니까.

저 녀석은 리타를 빼앗겨서 동요했으니까, 제대로 못 봤을 가능성이 크다. 저 녀석이 '리타는 절대로 내 것이 못 된다'고 생각하기만 하면, 그걸로 좋다.

솔직히 말이야, 리타한테 200억 아르샤만큼 일하라는 소리를 어떻게 하냐고.

그건 블랙을 넘어서 귀축이잖아.

보통 노예계약도, 나한텐 너무 부담이 되니까.

"그대의 마음을 받아들이겠다. 리타여, 신의 이름하에 그대의 생명, 마음, 혼 모든 것을, 나와 함께 하도록 하겠다. 바라기를, 내세에서도 이 인연이 이어지기를."

나는 혹시 모르니까 메달리온을 다시 옷 속에 집어넣고, 계속해서 말했다.

간신히, 더듬지 않고 말했다.

"저를 받아주셔서 감사합니다. 주인님."

"인정 못 해! 나는 인정 못한다!"

"댁이 인정하고 자시고는 상관없어. 『계약』은 이미 완료됐으니까. 댁이 끼어 들 여지는 없어. 부사교."

"나는 계속 저것을 노리고 있었다! 저 금색 머리카락. 보석 같은 눈동자──."

"댁의 묘사는 너무 빈약해!"

나는 척, 하고 삿대질을 했다.

아까부터 계속 바보 같다고 생각했다.

금색 실 같은 머리카락이네, 보석 같은 눈동자…… 본인 앞에서 그런 소리를 하다니, 너무 싸구려 멘트잖아.

게다가 똑같은 소리를, 몇 번이나.

요즘은 게임 캐릭터 소개도 조금 더 공을 들인다고.

"노예를 묘사하려면, 하다못해 이 정도는 하라고!"

게임을 만들던 때를 떠올리자. 캐릭터 설명문의 이미지다.

리타에 대해 이야기할 말을, 머릿속에서 끄집어내라──

"──머리카락은 햇살을 받았고, 눈동자는 봄에 지는 꽃잎과도 같다. 야생 짐승과도 같은 생명력이 넘치는 신체는 일격에 마물을 쓰러트리고, 그러면서도 건드리면 부서질 듯이 아름답구나.

작은 세실을 받아들이는 포용력이 있고, 차별하지 않는 마음은 온화한 바다와도 같구나. 허나, 밀려오는 파도와도 같은 격렬함까지도 겸비했다.

싸움에서는 동료를 위해 한 발도 물러나지 않고, 제 몸을 던지는 것도 마다하지 않는다. 기가 세고 입이 험하지만 그 점이 좋다. 등 뒤를 맡길 수 있어서 안심이 되는 그 느낌은, 마치 오랜 세월을 함께 한 소꿉친구와도 같다. 격투 신관계 미소녀의 뉴 스탠더드.

학원물이었다면 학생회장이나 주인공의 소꿉친구. 판타지라면 중요한 서포트 담당. 마침내 치트에 각성하고, 함께 이 세계의 심연에 도전한다.

이 세상의 근원에서 춤추는 아름다운 짐승. 그것이 리타 멜페스, 라고!"

"……뭣이?! 뭐냐 그건?! 무슨 소릴 하는 거냐? 리타…… 어째서 뺨을 물들인 것이냐?!"

"닥쳐 부사교! 어쨌거나 나랑 리타는 『계약』이 완료됐어. 네 말은 의미도 없고, 우리 사이에 끼어 들 여지도 없다고! 그 입 다물고, 당장 꺼져!"

쾅, 하고 벽을 때렸다.

승부는 이미 났다.

『계약』이 이 세계의 룰이니까, 내가 그것을 해제하지 않으면 리타는 이 녀석 것이 될 수가 없다. 이 녀석은 그저, 날 평범한 모험자라 생각하고 얕보고 있을 뿐이다.

어디서 툭 튀어나온 모험자 따위, 돈만 주면 시키는 대로 할 거라고 생각했다.

내가 덤벼들 거라고는 상상도 못 했겠지.

부사교가 당황해서 몸을 돌리고, 방에서 뛰쳐나갔다.

마지막에,

"이 몸을 적으로 돌리고 그냥 넘어갈——."

그런, 마지막 대사도 잊지 않았다.

솔직히 너무 빨리 도망가서 끝까지 들리지도 않았지만.

"……………저질렀다."

나는 머리를 쥐어뜯었다.

왕 때는 간신히 참았는데…… 부사교 앞에서는 완전히 폭주했다.

어째서 조직의 높은 양반들 앞에서는 자꾸 이러는 거냐고?! 병?! 병인가?!

……좀 더 잘 넘어갈 수도 있었는데…….

어쩌지. 도망칠까? 또 다른 거리로 이동할까?

……그러면 무한 루프가 될 테고.

뭐, 저지른 일은 어쩔 수 없지.

그 부사교는 왕과 다르다.

저 녀석은 지방도시에서 약간 잘난 정도고, 교단 전체의 의사를 대표하는 것도 아니다. 혼자서 여기 온 것만 봐도 그렇겠지.

그리고, 우리는 저 녀석한테 치트 스킬을 보여주지 않았다.

저 녀석이 무슨 짓을 한다고 해도, 어지간한 상대라면 세실과 리타가 대응할 수 있다.

쓰러트리지 못해도, 우리가 도망치는 정도라면 어떻게든 할 수 있다.

아무튼, 앞으로의 목적을 정하자.

다음 거리로 이동하기 위한 여비와, 그 뒤에 당분간 먹고 살 돈을, 이 메테칼에서 번다. 그리고 돈이 생기면 바로 이동.

이렇게 하자.

좋았어…… 방침은 정해졌다. 머리를 쥐어뜯고 있을 때가 아니다.

나는 세실과 리타의 주인님이니까, 불안하게 만들지는 말아야지.

"시간을 잡아먹었네. 슬슬 내일 길드에 갈 준비를── 어라, 뭐야?"

마음을 다잡고, 말했다.

방안의 분위기가, 이상하게 변해 있었다.

세실은 어째선지 볼을 빵빵하게 부풀리고, 허리에 손을 대고서 날 노려봤다.

"나기…… 주, 주인 님…… 지금, 나…… 칭찬해준…… 거야?"

그리고 리타는 열이라도 나는 것처럼 온 몸이 새빨개져서, 손가락으로 날 가리키면서 부들부들 떨고 있고.

"……뭔가 말을 잔뜩 했는데…… 어라? 왜? 무슨 말인지도 모르겠는데…… 어라? 어라라? ……뭐지………… 엄청나게 기쁘네…… 얼굴, 뜨겁고…….""

"뭐?"

"미안, 잠깐 이쪽 보지 마!"

획, 리타는 나한테 등을 돌리고 몸을 웅크렸다.

두 손으로 얼굴을 가리고 떨고 있다.

"멈춰라멈춰라멈춰라멈춰라멈춰라심장아."

"아니, 심장이 멈추면 죽거든."

"……으~ 뭐야 이 주인님. 얼빠진 얼굴이면서, 왜 이렇게 두근거리는 말을 하는 거냐고오. 치사해에."

……그렇게 엄청난 말을 한 기억은 없는데.

"나기 님, 나기 님."

"왜 세실."

"하나…… 부탁해도 될까요?"

"뭘?"

"저도…… 듣고 싶어요. 나기 님의 말…….""

빨간 눈동자를 반짝이며 날 바라보는 세실.

"아, 응. 그러니까."

작은 세실. 은색 머리카락을 손가락으로 꼬면서, 옷자락을 꼭 쥐고 있다.

그 말을 듣고 반사적으로 생각했다.

세실의 캐릭터 소개를 하려면…….

"순종하는 작은 요정. 갈색 피부는 대지의 정령의 축복을 받은 것과도 같고, 은색 머리카락은 지표를 흐르는 강과도 같다. 그것은 장래성이라는 이름의 풍요로운 바다로 흐르며, 부드러움을 지닌 날씬한 몸이 그 미래를 내게 가르쳐준다.

가늘고 부러질 것 같은 몸은, 함부로 손을 대면 신고당할 것 같은 금기의 아름다움. 너무나 올곧은 혼은, 강아지계 소녀와 얀데레 소녀 사이에서 흔들리는 유리 세공품. 연약함과 강함을 겸비하고, 이 세계에 대해 모르는 나를 도와준다.

어느 샌가 곁에 있는 것이 당연한 일이 됐다. 곁에 없으면 쓸쓸하다. 없으면 아무것도 못 하게 될 것 같아서 무서워진다. 내가 만난 최초의 소녀.

판타지 풍으로 말하자면 역시 주인공을 인도하는 요정이나 정령. 연애 게임이라면 주인공의 여동생. 친동생이라도 육친이라는 장벽을 손가락 하나로 무너트리는 궁극 여동생의 재능을 지녔다.

그것이 세실 파룻. 갈색의 작은 마녀."

"——————??!!"

홱, 세실도 나한테 등을 돌리고 몸을 움츠렸다.

여관방 구석에서 부들부들 떨고 있는 소녀가 둘.

아~ 왠지 지금 누가 신고하면 노예 학대 죄로 체포당할 것 같은데.

아니, 지금 말한 건 어디까지나 게임 캐릭터 소개문을 쓴다면, 이라는 이미지거든?

아까 그 부사교하고 했던 묘사 승부의 연장선이거든?

물론 세실과 리타를 전혀 그렇게 생각하지 않는 건 아니지만, 딱히 그렇게 엄청난 말을 한 것도 아니거든?

"미안해…… 나기."

"리타? 미안하다니, 뭐가?"

"기껏 칭찬해줬는데, 나, 신성력을 봉인당했거든."

"그랬지.

나는 리타의 스킬 리스트를 불러냈다.

주종계약이 성립된 덕분인지, 나와 리타 사이에 창이 표시됐다.

리타가 가진 스킬은 6개.

고유 스킬『격투 적성 LV4』

통상 스킬『신성 격투 LV4(봉인 중)』『신성 가호 LV4(봉인 중)』『가창 LV5』『기척 감지 LV4』

잠금 스킬『신성력 봉인 LV9』

"잠금 스킬……?"

"들어본 적이 있어요, 나기 님. 자기 힘으로는 풀 수 없는 스킬이에요."

세실이 설명해줬다.

"흉포한 노예를 얌전하게 만들거나, 죄인의 마력을 봉인하는데 써요."

"스킬은, 본인의 동의가 있어야 인스톨할 수 있는 게 아닌가?"

"집단의 의식 같은 것을 통해서, 억지로 집어넣는다고 들은 적이 있어요. 정말로 특수한 의식이라서, 저도 잘은 모르지만……."

"난 '나기한테 돈을 지불하는 것을 생각해 보겠다'는 조건으로 내가 받아들였어."

리타가 눈물을 글썽이면서 말했다.

"아, 하지만, 기척 감지랑 가창 스킬에는 영향이 없거든? 던전에서 싸우는 전투는 내 특기야. 돈이 떨어지면 노래해서 벌 테니까, 나한테 맡기라고!"

아무리 봐도 허세였다.

『신성력』은 회복마법과 보조마법의 근원이다.

리타는 그 중에서도 보조마법이 특기다.

예를 들어서 『신성 격투』라면 상대에게 주는 대미지에 보너스가 붙고, 『신성 가호』는 독이나 마비에 대한 내성을 얻을 수 있다. 그게 봉인된 지금, 리타의 능력치는 상당히 떨어졌다는 뜻이 된다.

"세실, 잠금 스킬을 푸는 방법은?"

"의식을 행한 본인이라면 풀 수 있을 거예요. 다른 방법은 들어본 적이 없어요."

풀 수 없고, 움직일 수 없고, 꺼낼 수 없는 스킬.

어라?

"리타, 확인 좀 해볼게. 잠금 스킬은 리타한테서 꺼낼 수 없는 거지?"

"맞아……."

"꺼낼 수 없는, 것뿐이지?"

그 말에, 리타가 고개를 끄덕였다.

훨씬 대단한 건줄 알았네. 뭐야, 움직일 수 없는 게 다잖아.

그렇다면 간단하네.

"리타는 신성력을 되찾고 싶지?"

"그, 그야 당연하지."

"그러기 위해서라면, 어느 정도는 참을 수 있어?"

"어느 정도가 아니라 뭐든지 참겠어! 어릴 때부터 수행해서, 겨우 여기까지 키운 신성력인데!"

"알았어. 그렇다면 어떻게든 해볼게."

시스템은 이해했다.

이 세계의 스킬 시스템은 단순하다. 적어도, 내가 만들어서 난리가 났던 RPG보다는.

그러니까, 거기에 파고 들 틈이 있다.

"리타, 잠깐 거기 누워봐."

"뭐?! 아…… 그래. …………응…… 알았어……."

리타는 쑥스럽다는 듯이 가슴에 손을 얹고, 각오한 얼굴로 침대에 누웠다.

금색 머리카락이 팔랑, 침대 위에 펼쳐졌다.

떨고 있다. 긴장했다는 걸, 알 수 있다.

"내 고유 스킬은 『능력 재구축』이야."

"……『능력 재구축』?"

"스킬에 간섭할 수 있는 스킬. 세실을 치트 캐릭터로 만든 스킬이지. 이걸로 리타의 잠금 스킬을 바꿔버릴 수 있어."

"세실한테도, 했어?"

리타가 세실 쪽을 봤다.

세실은 리타를 안심시키려는 것처럼 부드럽게 미소를 지으며, 고개를 끄덕였다.

"…………좋아."

리타는 흐읍, 심호흡을 하고, 웃었다.

"세실한테 한 걸, 나한테도, 해줘. 내가 나기 것이라는 걸 알 수 있게 해주세요. 주인님."

제13화 「두 번째 치트 아내. 그리고,」

나는 최대한 힘을 빼고, 리타의 가슴에 손을 얹었다.

말랑, 하고 감싸는 것 같은 감촉.

우와, 부드럽다.

손가락이 빨려들어갈 것 같다.

열기가 전해온다. 두근, 두근, 너무 빠른 심장 고동과 함께.

리타는 부끄러운지 옆을 보고, 거칠게 숨을 쉬고 있다.

"……나기 냄새가 나."

리타가 이쪽을 봤다. 내 등에 팔을 감고, 목에 얼굴을 들이댔다. 강아지처럼 코를 킁킁거리며, 작은 소리로 "사양하지 말고, 해줘"라고 속삭였다.

등이 찌릿찌릿했다.

세실을 바꿔 쓰기 했을 때 일을 내 몸이 기억하고, 만전의 준비를 갖추고 있다. 그런 기분이 든다.

"발동――『능력 재구축』."

나는 창을 열었다.

이미지를 떠올린다.

리타의 『신성력 봉인 LV9』가 창에 표시되도록…….

"――아, 아윽!"

리타의 몸이 한 순간, 활처럼 휘었다.

몸의 반응에 깜짝 놀랐는지, 리타가 눈을 크게 뜨고 입을 막았다.

스킬을 표시하려고 했을 뿐이다. 아직, 움직인 건 아니고.

그래도, 리타한테는 충분히 부담이 된 것 같다.

"괜찮, 아."

하흐, 하고 숨을 내쉬고, 리타는 내 손 위에 자기 손을 얹었다.

"이 정도는 아무것도 아냐. 나기한테 도움이 안 되는 게, 더 싫어."

"알았어. 고마워, 리타."

나는 스킬 재구축에 집중하자.

개념화한다.

리타의 깊은 곳에, 내 마력을 보낸다.

『신성력 봉인 LV9』의 내용을 엿보는 이미지로······.

"······응. 아. 흐아······ 앙."

리타가 얼굴이 새빨개져서 몸을 비튼다.

좋았어·········· 보인다.

리타의 스킬이 '능력 재구축' 창에 표시됐다.

─이게 잠금 스킬의 효과인가.

『신성력 봉인 LV9』

(1)「소유자」의 「신성력」을 「봉인하는」 스킬(잠금 : 적출 불가 특성)

말 그대로의 능력이었다.

소유자의 신성력을 봉인하는 스킬이고, 잠금 속성이 포함.

'잠금'에 '적출 불능' ——즉, 꺼낼 수는 없다.

게다가 자세히 보니 살짝 떨리고 있다.

가동하고 있다는 걸 알 수 있다. 이 녀석은 지금도, 실시간으로 리타의 신성력을 봉인하고 있다.

상시 발동형 스킬…… 즉, 리타가 의식하건 아니건, 이 녀석은 항상 '소유자의 신성력을 봉인하고 있다'는 건가.

이거, 정말 징그러운 스킬이네.

이딴 건, 빨리 해체해서 바꿔버려야지.

나는 내 안에 있는 스킬을 불러냈다.

리타가 준『명상 LV1』이다.

『명상 LV1』

(2)「침묵」으로「오감」에「눈뜨는」스킬

한마디로, 좌선할 때 쓰는 스킬이라는 건가.

잘 됐네. 이걸 이용하자.

"간다. 리타."

"응……. 괜찮아…… 나기."

나는『신성력 봉인 LV9』에 손을 댔다.

"응…… 아응!"

뜨겁다.

리타가 입술을 깨물었다.

자신의 깊은 곳을 건드리는 감촉을, 참으려는 것처럼.

『신성력 봉인 LV9』는 다른 스킬과 다르다.

상시 발동형, 패시브 스킬이니까.

항상 리타의 일부로서 가동하고 있는 상태니까, 반응이 강한 건지도 모른다.

손끝으로 건드릴 때마다, 리타가 애절한 숨결을 토했다.

"아…… 앙……."

내 마력이 리타의 스킬로 흘러들어간다.

리타의 『신성력 봉인 LV9』에 감겨서, 개념을 풀어내려고 한다.

가슴 위에서 겹쳐져 있는 리타의 손가락이, 내 손바닥으로 파고든다.

오래 끌면 끌수록 리타한테 부담이 간다는 걸 잘 안다.

빨리 끝내자.

잠금 특성은 손을 댈 수가 없다.

스킬 그 자체는 움직일 수 없고.

틀 자체는 그대로 두고, 알맹이만 재빨리 바꿔버리는 이미지.

나는 『신성력 봉인 LV9』 안에 있는 「봉인한다」는 글자를 살짝 흔들었다.

"아……. 안, 돼. 뭐야. 이거, 이상해."

리타의 목소리가 달라졌다. 흐아앙── 하는, 너무나 뜨거운 한숨.

좋았어…… 「봉인한다」는 움직일 수 있다.

확인하고, 이번에는『명상 LV1』에 손을 댔다.

그대로『신성력 봉인 LV9』글자 옆으로 미끄러트린다.

글자와 글자가, 닿아서, 흔들린다.

"아…… 으으, 아. 자, 잠깐, 이거, 뭔가 아냐. 이, 이상해. 생각했던 거랑 달라── 나기 마력이…… 들어와…… 이거…… 기다려봐. 잠깐만 기다──."

그럴 순 없지.

나는 잠금 스킬의 글자에『명상 LV1』의 글자를 집어넣었다.

────리타가 새하얀 목을 드러내며 고개를 뒤로 젖혔다. 달콤한 목소리. 내 볼에 코를 비벼댄다. 강아지처럼.

"……아으! 아……. 아──아."

글자가 흔들린다. 괜찮다. 움직인다는 건 안다.

『능력 재구축』스킬이 가르쳐준다. 이건 바꿀 수 있다고.

움직일 수 없는 것 같지만, 확실히 들어간다고.

다시 한 번.

"────아!"

또 한 번.

"아으── 아, 안 돼. 나기── 용서 안 할 거야. 나한테 이런 짓, 용서 안──."

말과 달리, 리타의 손은 내 손을 꽉 누르고 있다.

내 손가락은 깊이, 깊이, 리타의 큰 가슴에 묻혔다.

이대로 계속 잠길 것 같아서 무서울 지경이다.

나와 리타의 마력이 얽히고, 열을 발생시키는 게 느껴진다.

우리는 『능력 재구축』이라는 이름의 케이블로 연결된, 컴퓨터와 스마트폰 같은 관계인지도 모른다.

흘러들어가는 것은 전기 신호가 아니라, 마력.

주고받은 것은 '스킬'이라는 거대한 데이터.

몸이 뜨거운 것은 데이터가 너무 방대해서 부하가 걸리기 때문에. '능력 재구축'의 소유자인 나는 어느 정도 지켜주는 것 같지만, 리타는 나보다 훨씬 뜨겁다.

괜찮으려나…… 리타.

"……싫어어. 이런 얼굴 빤히 보지 마…… 창피해에…….."

눈이 풀린 표정의 리타는, 그렇게 말하고 고개를 옆으로 돌렸다.

리타의 온 몸에 땀이 뱄고, 피부는 핑크색으로 물들었다. 신관복이 풀어져서, 가슴 언저리에 걸쳐 있다. 다시 올려주려고 했지만, 손가락이 닿기만 해도 리타의 몸이 움찔, 하고 요동쳐서, 옷이 점점 더 풀어질 뿐이다.

리타의 분홍색 눈에 눈물이 고여 있다. 거친 숨을 내쉬면서 무릎을 꼭, 붙였다. 리타의 심장 고동이 내 손바닥을 통해서 똑똑히 느껴진다. 그것은 너무나 빠르고, 격렬해서, 나는 리타가 어떻게 되는 건 아닐까 무서워졌다.

"아………… 으. 나기…… 나기……."

역시…… 빨리 끝내야겠다.

이번에 끝내자.

나는 『명상 LV1』의 글자를 잡아서 —— 우겨넣었다.

"으응——!"

내 등에 얹은 리타의 손이, 나를 끌어안는다.

아직이다. 아직 다 들어가지 않았어. 좀 더, 깊이——

"아아——. 그, 그러니까, 그렇게 하면…… 그냥 안 둔다고——."

눈물을 글썽이는 리타가 고개를 흔들었다.

하지만 말과는 반대로, 리타의 스킬은 글자를 서서히 받아들였다.

"아냐——. 거짓말이에요—— 주인님…… 죄송해요—— 싫어, 이거. ——알아 - 느껴져. 나기가 내 안에—— 들어와——."

땡, 소리가 났다.

"아읔! 헉…… 아, 아…… 응!"

리타의 몸이 한 순간, 경직 됐다.

잠금 스킬 『신성력 봉인 LV9』에 『명상 LV1』의 글자가 들어갔다.

이어서 『명상 LV1』에 『신성력 봉인 LV9』의 글자를 집어넣는다.

내 심장이 엄청난 기세로 뛰고 있는 게 느껴진다.

리타도 마찬가지. 마력으로 하나가 된 우리는, 같은 고동을 느끼고 있다.

내 마력이 리타에게 흘러 들어가고, 그리고 다시 내 안으로 돌아온다.

글자를 건드릴 때마다, 그것이 다시 리타 안으로 들어간다. 거듭되는 순환.

리타는 떨면서, 무릎을 비비고 있다. 내 마력이 그녀의 몸 안을 누비고 있다는 걸, 어렴풋이나마, 알 수 있다.

"안 돼. 싫어. 참을 수가 없어……."

리타의 손톱이 내 손바닥을 할퀴었다.

"안 돼, 안 돼에! 더는 못 참아. 보여…… 나기한테 다 보여…… 싫어…… 악."

"실행!『능력 재구축』!!"

내용이 바뀐 스킬이, 떨렸다.

내 마력과, 리타의 마력이 얽혀서, 새로운 스킬을 만들어 간다──

"! 으응────!"

"리타?!"

'실행'을 누른 내 손을, 리타가 덥석, 물었다.

땀에 밴 손가락이, 손바닥이, 따뜻하고 축축한 것에 감싸였다.

"응! 응! 으응────!!"

그대로 리타는 내 손을, 이빨로 아주 살짝, 강아지처럼 물었다.

소리를 죽인 채, 온 몸이 움찔거렸다.

손이 따끔하게 아프고, 내 머리도 찌릿해졌다.

"──아, 아으. 아, 아아……."

리타의 몸이 축 늘어졌다.

"『능력 재구축』완료. 고생했어, 리타."

"……………바보."

내 손에서 입을 떼고, 리타는 두 손으로 얼굴을 가렸다.

리타의 『신성력 봉인 LV9』는 내용이 완전히 바뀌었다.

새롭게 바뀐 스킬은——

(1) 『소유자』의 「신성력」에 「눈뜨는」 스킬

『신성력 장악 LV1』 (잠금 : 적출 불가능)

소유자가 자신의 『신성력』을 파악하고, 신체의 원하는 부위에 집중할 수 있다.

그 부위의 강도가 강해지기 때문에 공격력, 방어력이 강화된다.

『신성 격투』의 대미지 보너스가 2배가 된다.

『신성 가호』가 강화된다. 독, 마비 외에 저주, 치사계 마법을 무효화.

(2) 「침묵」으로 「오감」을 「봉인하는」 스킬

『초월 감각 LV1』

'침묵'하는 것을 통해 소유자는 자신의 오감을 일시적으로 차단할 수 있다.

감각 차단 중에는 제6감이 예민해진다. 사용할 수 있는 횟수는 하루에 한 번.

……뭔가 엄청난 게 나왔는데.

『신성력 장악 LV1』은 리타 안에서 움직일 수 없으니까 그냥 이대로.

『초월 감각 LV1』은 내가 가지면 되는데── 어디 쓸 데가 있으려나?

이걸로 나한테 인스톨 한 스킬은,

고유 스킬 『능력 재구축 LV2』

통상 스킬 『증여 검술 LV1』『건축물 강타 LV1』『고속 분석 LV1』『이세계 회화 LV5』『초월 감각 LV1』

……『능력 재구축』이 LV2가 됐다. 지금 그걸로 레벨이 올라갔나…….

그나저나 뭐가 달라진 건지 전혀 모르겠다. 여전히 모르는 게 너무 많네, 이 스킬.

그나저나 왜 나만 이렇게 균형이 나쁜 건지.

나중에 필요 없는 스킬은 정리해야겠다.

"……헉…… 허억, 정말…… 이게."

"리타, 괜찮아?"

나는 리타의 머리에 손을 얹었다.

리타는 창피한지 두 손으로 얼굴을 가리고 있다.

떼쓰는 어린애처럼, 고개를 도리도리 흔들면서.

"……아으…… 뭐야…… 힘이 안 들어가…… 보지 마…… 싫어…… 창피해……."

"············어라?"

복슬.

"······어? 어라······?"

복슬, 복슬.

저기, 리타 언니?

머리에 세모지고 복슬복슬한 게 생겼는데. 이거.

"······동물 귀?"

"으아, 으아아아아아아아아앙."

리타는 손으로 얼굴을 가린 채, 울음을 터트렸다.

'이투르나 교단'의 신관장 리타.

그 정체는 사바라사 대륙의 숲에 사는 수인이었다.

복슬복슬한 금색 귀와 꼬리를 우리한테 들킨 리타는, 더듬더
듬, 지금까지 자신이 살아온 이야기를 해줬다.

리타는 어릴 적에 수인 부족과 헤어져버렸다.

사실은 버림받은 것 같다고.

그 이유는 리타가 인간 수준의 『신성력』을 지녔기 때문에.

그리고 리타에게 자신의 귀와 꼬리를 감춰서 완전한 인간 모
습으로 변할 수 있는, 신기한 힘이 있었기 때문이다.

원래 모습은 수인이지만, 스위치를 켜고 끄는 것처럼 인간의
모습이 될 수 있다. 변한 동안에는 인간의 귀도 생기고, 어지간

한 일이 있지 않으면 멋대로 동물 귀나 꼬리가 나타나지도 않는다.

수인 세계에서는 부모 중에 하나가 인간이었을 때, 가끔씩 그런 아이가 태어나는 일이 있다는 것 같다.

즉, 리타는 양쪽의 특성을 가진 하이브리드인지도 모른다.

내가 그렇게 말하자 리타는 "스킬이라고 할 정도 힘은 아니고…… 부모님은 기억도 안 나지만"이라고, 쓸쓸하게 말했다.

리타에게 불행이었던 것은, 수인 사회과 귀와 털과 꼬리 모양으로 지위와 신분을 정하는 곳이었다는 점.

그 탓에 강한 『신성력』이 깃들고, 수인도 인간도 될 수 있는 리타는 미움을 샀다.

부족과 헤어져서 혼자가 돼버린 리타는 인간 모습으로 길을 헤맸고, '이투르나 교단'이 거둬줬다.

그 뒤로는 살아남기 위해서 정체를 숨기는 생활이 시작됐다.

귀와 꼬리를 꺼내는 것은, 주위에 아무도 없을 때.

교단의 허드렛일을 하게 되고 혼자 쓰는 다락방을 받을 때까지는, 하루 종일 마음을 놓을 수가 없었다.

『기적 감지』 스킬이 없었으면, 오래 전에 정체를 들켰을지도 모른다.

아무리 '자비'의 교단이라 해도, 속사정은 우리가 알고 있는 대로.

인간으로 변해서 교단 내부에 들어온 수인을 용서해줄 정도로 착한 자들이 아니다.

그 뒤에 리타는 정체를 감춘 채, 교단의 신관장까지 됐다.

리타가 교단에 계속 붙어 있었던 것은, 꿈이 있었기 때문에.

교황이 돼서 내부에서부터 조금씩, 데미 휴먼에 대한 차별을 없애기 위해서. 잘되면 그때 정체를 밝힐 생각이었다는 것 같다.

리타의 최종 목적은 자신을 버린 가족을 찾는 것.

'인간이 데미 휴먼을 차별하지 않게 됐으니까, 당신들도 날 받아들여줘.'

가족을 찾으면 그 말을 하고 싶었다고, 리타가 말해줬다.

지금 생각해보면 무모하고 절대로 이룰 수 없는 꿈이었지만, 이라는 말도 같이.

그렇구나.

리타가 말했던 '수인 친구들'은 가족과 동료들이었구나…….

"나, 계속 교단에만 있어서, 인간은 무조건 다른 종족을 차별한다고 생각했어."

귀를 쫑긋쫑긋 흔들며, 리타가 말했다.

"그런데 말이야, 세실이랑 같이 있는 나기를 보고, 아닐지도 모른다고 생각하기 시작했어. 나기는 세실을 소중히 여기고, 세실은 나기를 좋아하잖아? 그걸 봤더니, 교단 안에서 출세하려고 노력하는 게 바보 같다는 생각이 들었어…….."

왜 나는 이렇게 멀리 돌아가려는 걸까.

자신을 받아들여주지 않았던 가족을 찾는 것보다, 지금 당장 받아들여줄 것 같은 사람의 동료가 되고 싶다── 그렇게 생각했다고.

펑펑 울며, 미안하다고, 몇 번이나 고개를 숙이고,

금색 귀와 꼬리가 신경 쓰이는지, 손으로 가리려고 하면서,

리타는 어린애처럼, 울먹이면서, 말했다.

"미안해. 미안해. 난 그렇게 훌륭하지 않아. 다크 엘프를 차별하지 않는 훌륭한 인간이 아니라고. 수인이야. 나기한테도 세실한테도 말을 안 했어…….."

"난 딱히 신경 안 쓰는데."

세실을 노예로 삼은 나를 '인간 말종'이라고 부른 건, 그런 이유 때문이었나.

자신과 같은 데미 휴먼(게다가 겉보기엔 아주 어린)한테 인간이 목줄을 채우고 끌고 다니는 모습을 봤으니, 화를 낼 만도 하네. 원래 살던 세계였으면 신고당할 수준이니까.

"평소엔 숨길 수 있으니까, 앞으로도 교단 놈들한테 정체를 들킬 걱정은 없고."

"으, 응. 그건 괜찮아…… 응."

리타는 우리를 안심시키려는 것처럼, 몇 번이나 고개를 끄덕였다.

"그런데 말이야, 우리한테는 정체를 말해줘도 되지 않았어?"

"말하기 전에…… 그 부사교가 쳐들어왔잖아. 그리고, 이렇게

말할 수 있는 것도, 교단에서 잘린 덕분이고."

"신관장 때 그랬으면, 사형?"

"최악의 경우엔 그렇게 됐겠지. 잘해야 신성력을 봉인당한 뒤에 거역하지 못하게 조교해서 최전선으로 보냈겠지."

"전부 최악이네⋯⋯."

"미안해⋯⋯ 미안해, 나기."

"아니, 난 리타가 인간이건 수인이건 신경 안 쓰거든."

"응."

전혀 신경 안 써.

"오히려, 복슬복슬한 것도 좋다고 생각하는데."

"⋯⋯주인님."

번쩍, 리타의 눈이 빛났다.

금색 꼬리가 파닥파닥 흔들린다.

⋯⋯부사교한테 안 넘기길 잘했다.

그 자식한테 리타의 정체가 들켰으면, 무슨 꼴을 당했을지 모르니까.

"미안해⋯⋯ 세실."

"전, 마족이에요."

갑작스런 일이었다.

눈물로 범벅이 된 리타의 얼굴을 보며, 세실이 말했다.

"인간 사회에 적응하지 못하고, 그러면서도 강대한 마력을 지닌 탓에 멸망한 일족의, 마지막 한 사람이에요. 마족이라고요."

세실은 리타를 보며, 부드러운 미소를 지었다.

"그렇다고, 리타 언니는 제가, 싫어졌나요?"

"……내가 왜 싫어하겠어."

"저도, 리타 언니가, 좋아요."

"……세실."

손을 맞잡는 세실과 리타.

아, 그러고 보니.

"나도 이쪽 세계 사람이 아냐. 『내방자』라던가."

"뭐어?!"

"『내방자』, 다른 세계에서 온 인간."

"흐응……. 그래서 뭐? 나기는 나기잖아?"

리타는 안심한 표정을 지었다.

뭐, 지금까지 교단 안에서 정체를 감추느라, 마음 편할 날이 없었겠지.

그런 변태 부사교랑 같이 있었고.

"그래서…… 말인데."

리타는 일어나서, 나한테 깊이 고개를 숙였다.

"벌을 주세요…… 주인님."

"…………뭐?!"

침대 위에 가만히 앉아서, 리타는 나를 쳐다봤다.

삼각형 귀는 처지고, 꼬리는 축 늘어트리고.

"저, 주인님한테 정체를 숨겼어요. 인간 말종이라고 했어요. 그러니까, 벌을 주세요."

"하지만, 말종이라고 한 건 『계약』하기 전이잖아."

"싫어! 나기네 동료가 되고 싶은 게 아니라, 교단에서 도망치려고 여기 왔다고 생각하는 게 싫단 말이야! 나기가 그렇게 생각하지 않아도, 내가 싫거든! 그러니까…… 벌. 나기가 날 받아들여줬다고 믿게 해줘."

그런 말씀을 하셔도 말이죠…….

어쨌거나 리타는 리타니까.

정체가 수인이라도, 난 오히려 좋은데.

리타는 나를 위해서 사교한테 욕을 하고 돌려차기까지 날리고, 신성력까지 봉인됐으니까.

교단에서 도망치려고 여기 왔다는 생각은 해본 적도 없는데 말이야.

하지만…… 리타가 그렇게까지 말한다면.

"아, 그렇지만, 야한 건 안 돼?"

리타는 새빨간 얼굴로 고개를 저었다.

"아까 그거 때문에…… 봐, 아직도 가슴이 뛰고, 몸은 뜨거우니까…… 말이야. 다른 거! 다른 거라면 뭐든지 할 테니까! 뭐든 해보라고!"

……그런 건 생각도 안 했거든?

아니, 정말이거든?

왜 도끼눈을 뜨고 날 보는 건데, 세실?

네가 보면 안 되는 짓은 안 했잖아?

아까 이것저것 하긴 했지만, 그건 스킬을 조작하기 위해서—

아, 그러고 보니까.

"응. 알았어. 그럼, 이걸 쓰자."

나는 백팩에서 스킬 크리스털을 꺼냈다.

'레비아탄'과 싸울 때 만든 『무도 격투 LV1』.

나한테는 안 맞을 것 같아서 빼놨었는데.

"……나, 나기? 주인님……?"

"이 『무도 격투 LV1』은 리타한테 딱 맞을 거야. 인스톨해줄게. 지금 하자. 그리고 『능력 재구축 LV2』가 뭐가 달라졌는지도 알아보고 싶으니까, 리타 스킬로 이것저것 시험하게 해줘. 괜찮아. 스킬을 건드려보기만 할 거니까. 『재구축』은 안 할 거니까."

"그걸? 또 한 번? 자, 잠깐…… 그, 그런 벌은…… 저기."

스킬의 효과를 확인하려는 건데 왜?

"뭐든지 하라고 했지?"

"미안, 거짓말…… 거짓말이야. 아, 아, 아아아아아아. 아, 안 돼, 시…… 싫어, 싫다고오오오. 으아아아앙. 역시 나기는 인간 말종이야━━━━━!"

무슨 말씀을.

이번에 등장한 스킬

『신성력 장악 LV1』

몸 안의 신성력을 원하는 부위에 집중할 수 있다.

'기'를 몸 안에서 이동시키는 것과 마찬가지이며, 집중한 부위의 공격력, 파괴력이 상승한다.

저급 언데드라면 리타의 손발에 닿기만 해도 소멸한다.

『초월 감각 LV1』

오감을 차단하고 제6감을 각성시키는 스킬.

시각, 미각, 청각, 후각, 촉각을 일절 느낄 수 없기 때문에, 매료 등을 무효화할 수 있다.

사용 회수에 제한이 있다. 그 이유는——.

제14화 「리타와 주인님과, 열려 있는 우리」

"나는 '이투르나 교단'의 정상에 올라가서, 조직을 바꿀 거야.
데미 휴먼을 차별하지 않고, 다 같이 사이좋게 살도록 만들 거
라고!"

정말로?
내가 하고 싶은 게, 정말 그런 걸까.
아주 오래된 기억 속에서, 나 자신에게 물었다.

내 이름은 리타 멜페스. 전에는 '이투르나 교단'의 신관장이
었다.
사정이 있어서, 어떤 사람의 노예가 됐습니다.
그리고 여기는 꿈속.
내가 있는 곳은, 어두운 숲.
수인 가족들이 날 두고 갔던, 그 숲이다.
꿈속의 나는 아직 어리다…… 후우.
그때의 일은, 거의 생각을 안 하게 됐었는데 말이야.
안 돼. 마음이 풀어졌어.
동물 귀와 꼬리는 숨겨둬야지.
"에잇, 에잇."
어린 나는 귀와 꼬리를 필사적으로 때렸다.
하지만, 숨겨지지 않는다.

꿈속의 나는 아직 일곱 살 정도고, 내가 왜 여기 있는지도 아직 모른다.

우리 부족은, 내가 모르는 사이에 이동했다.

아버지도 어머니도, 작은 여동생 미스타도.

나는 밤에 이동한다는 말을 못 들어서, 나무 밑에서 코~ 자고 있었다. 눈을 떠보니 아무도 없어서, 계속 나무 밑에 앉아 있었다.

"다들…… 결국 안 돌아왔네."

아버지도, 어머니도, 여동생 미스타도.

역시, 내가 제대로 된 수인이 아니라서 일까.

내가 '제대로 된 생물'이 아니라서.

그래서 나는…… '제대로 된 생물'이 되려고 생각했다.

훌륭한 사람이 돼서,

'이투르나 교단'의 정상에 올라가서,

교단 사람들에게, 데미 휴먼을 차별하지 못하게 해서,

가족을 찾아서 '수인도 차별을 그만두세요. 어설픈 저를 받아들여주세요'라고 말하면——나를 버린 가족도, 틀림없이——

"하지만…… 뭔가 아냐."

꿈속의 어린 나는, 땅바닥에 벌렁 누웠다.

외로워서, 배가 고파서, 나무뿌리를 아작아작, 아작아작.

외로운 것도, 배가 고픈 것도, 해결되지 않는다.

기억을 돌아보는 꿈이니까, 이제부터 무슨 일이 일어날지도 알고 있다.

이제 곧, '이투르나 교단'의 마차가 지나간다.

교단의 마차가 날 거둬서, 나는 거기서 허드렛일을 하게 된다.

귀와 꼬리를 숨긴 채로 일하고. 열심히, 열심히 해서 신관장이 된다.

그것이 꿈으로 가는 첫걸음.

그리고 나는 교단의 정상으로 가는 중에…….

"리타 너 말이야…… 교단을 그만두는 게 좋지 않겠어?"

이상한 말을 하는 사람을, 만난다.

"교의로 똘똘 뭉쳐서 말도 안 듣는 부하들이랑 있으면 좋아?"

흥이다.

자기는 저 어린 세실을 노예로 삼아서 데리고 다니는 주제에, 무슨 소리래.

──그때는, 그렇게 생각했다.

너도, 교단 사람들이랑 똑같지 않느냐고.

데미 휴먼을 차별하니까, 세실을 노예로 삼은 거잖아.

다른 점은…….

세실이 너를 아주 신뢰한다는 점.

마치 좋아하는 사람을 보는 것 같은, 뜨거운 눈으로 본다는 점.

몰랐지?

그리고 세실의 마력이 떨어져서 쓰러졌을 때, 네 얼굴이 새파 랗게 질렸던 것도.

그것도 몰랐지?

그 작은 아이를 꼭 안고, 허둥지둥했던 주제에.

그리고, 맞다.

울어버릴 것 같던 나를, 도와주러 온 것도.

호수 근처에서, 동료들은 전부 마비돼서, 혼자 큰 괴물 물고 기 '레비아탄'과 싸울 때, 울기 직전이었거든.

땅바닥에 주저앉아서 울어버리면 편하지 않을까, 그런 생각을 했어.

네가 와서, 그렇게 하진 못했지만.

나기—— 주인님 탓이야.

교단 따위, 아무래도 좋다는 생각이 든 건.

그 조직이 나를 가둬두는 감옥이라고 깨닫게 된 건.

생각하지 않으려고 했는데…… 내 마음을 홀랑 벗겨서 어쩌 겠다는 거냐고, 정말!

교단에서 잘렸는데, 하나도 분하지 않았다니까.

오히려 기쁠 정도였거든.

날 좋아해주는 사람을 찾아내고, 그 사람이 진짜 나를 받아들여주고, 동료가 돼서, 이렇게 같이 있는 게── 너무나.

지금까지 고생한 걸 전부 채우고도 남을 만큼, 기쁘고, 행복하거든.

정말이지, 이 주인님은…… 정말.

날 바꿔버린 책임을 지란 말이야!

어떻게 해줄 거야, 주인님!

내 사랑하는 주인님? 이 마음을, 어떻게 해줄 거죠?

나는 아직 꿈속.

소리를 들은 작은 리타 멜페스는 일어납니다.

숲 밖에 있는 가도에서, 덜컹덜컹 소리를 내며 다가온 것은 교단의 검은 마차.

과거의 나는, 손을 흔들어서 그 마차를 세우고, 도와달라고 했었지.

하지만 이건 꿈이니까, 방침 변경.

나는 나무 뒤에 숨어서, 마차를 그냥 보냅니다.

그 너머에서, 발소리가 들렸으니까.

검은 머리 주인님과, 작은 마족 여자아이.

내가 갈 곳은 그쪽.

두 사람의 모습이 보여서, 있는 힘껏 뛰어갔어.

나도 참 치사하다.

하지만, 꿈이니까 괜찮겠지?

난, 가족에게 버림받은 곳을 뒤로 했다.

나기와 세실의 손을 잡고, 어두운 숲, 그 밖으로.

자, 눈을 뜨자.

내 주인님과 세실이 기다리는, 현실로.

"흐아아암."

오랜만에 푹 잤네…….

꼬물꼬물, 꼬물꼬물.

가슴 사이에서, 뭔가가 움직인다.

은색 머리카락의 여자아이가, 내 가슴에 얼굴을 묻고 버둥대고 있다.

세실이다. 정말 귀엽다니까.

긴 귀가 꿈틀꿈틀 움직인다. 우읍, 우읍, 왠지 숨쉬기 힘든 것 같은데.

……어라?

어느새 나는 나기 등에 손을 대고, 꼭 끌어안고 있다.

나와 나기 사이에는 세실. 두 사람 사이에 껴서 산소결핍 상태.

내 몸은 바닥에.

침대에서 떨어진 나기한테, 어느새 달라붙은 것 같다.

그런 나기한테 세실이 달라붙었고, 세실한테 내가 달라붙어서 이렇게 됐다.

……따뜻하다.

폭신폭신한 기분.

이런 기분으로 눈을 뜨는 건 태어나서 처음일지도.

내 목에는 가죽 목줄.『계약』이 준 노예의 증거.

정식으로, 내가 나기 것이 됐다는 증거.

결국 나는 '이투르나 교단'의 감옥에서 빠져나와서, 다른 감옥에 들어온 건지도 모른다.

하지만…… 이 감옥은 따뜻하고 기분이 좋고, 게다가 자물쇠도 없다.

감옥 문은 열려 있고, 나기는 나한테 명령할 생각이 없다고 했다.

그래서, 이 따뜻한 감옥에서, 도망칠 생각이 없다.

왜, 난, 멍멍이 같은 수인이잖아?

주인님한테 충성하는 건, 본능 같은 거야, 틀림없이.

"우으읍, 리, 리타 엉이——."

세실은 조금 괴로워 보인다.

자, 슬슬 일어나자.

나기가 눈을 뜨면 안았던 걸 사과하고, 노예 주제에 같이 잤다는 얘기도 하고, 이렇게 말할 거야.

"벌을 내려주세요, 주인님."

아마도 나기는 깜짝 놀란 뒤에 '하는 수 없지'라는 얼굴이 될 거야.

나는 그런 나기의 반응이, 너무나 좋다.

제15화 「폭주하는 마물을 치트 스킬로 해치운다」

리타가 동료가 된 다음날.

우리는 셋이서 메테칼 거리를 걷고 있다.

리타는 말 그대로 몸 하나만 가지고 나한테 왔다.

옷도 하나밖에 없고, 그밖에도 이것저것(속옷이라든지) 필요한 게 있을 테니까, 쇼핑하러 나온 것이다.

"나, 딱 한 번이지만 와본 적이 있어서, 가게들은 잘 알아. 뭐든지 물어봐."

리타가 큰 가슴을 두드리고 몇 분 뒤, 우리는 낯선 골목길을 헤매고 있었다.

"어라……?"

"수인의 야생적인 방향 감각은 어디 갔어."

"아, 아니거든!"

리타는 변명하는 것처럼, 팔을 열심히 흔들었다.

참고로 귀와 꼬리는 숨겼다. 다른 사람들 있는 곳이니까.

"숲속에서는 눈을 감고도 걸을 수가 있어. 여기는 건물이 많아서 문제야!"

"그야 시내니까."

"그리고 사람들 냄새가 너무 강해서, 위치나 장소를 잘 모르겠고…….."

리타는 '코를 헹구자'라고 중얼거리고는, 세실의 목에 코를 들이댔다.

세실은 "그래요, 그래요"라면서 리타의 머리를 쓰다듬고.

누가 언니인지.

"다시 큰길로 나가자. 이 근처엔 가게도 없을 것 같으니까."

두 사람이 간신히 걸어갈 수 있는 정도의 골목. 주위엔 낡은 건물들이 늘어서 있다.

가게는 고사하고 사람 기척도 없다.

리타는 "알았어"라고 말하고는, 동물 귀를 꺼냈다.

쫑긋쫑긋 움직이고서, "사람 목소리가 잔뜩 들린다. 저쪽"이라고 가리켰다.

"저기, 나기, 세실. 이것도 모험 같지?"

맨 앞에서 걸어가며, 리타가 말했다.

"내가, 너희 둘을 지켜줄게. 전투력은 내가 제일 높으니까."

정말로 그렇다.

세실은 기본적으로 레벨1 마법만 쓸 수 있다.

『고대어 영창』을 쓰면 초절 마법으로 업그레이드 할 수 있지만, 영창에 상당한 시간이 걸린다.

그리고 주인인 나는 전투력이 상당히 낮고.

게다가 『검술』 스킬을 다른 걸로 바꿔버려서, 근접 전투력이 상당히 떨어졌다.

리타가 들어온 덕분에, 리타가 전위. 세실이 후위.

내가 양쪽으로 왔다 갔다 하면서 이것저것 하는, 그런 전술을 쓸 수 있게 됐다.

이걸로 모험하기도 쉬워졌겠지.

"봐. 내 귀가 맞았지?"

리타는 뒤를 돌아보며 후훗, 하고 웃었다.

여기까지 오면 나도 알 수 있다. 사람들 웅성거리는 소리가 들린다.

우리는 큰길로 나왔다.

노점이 잔뜩 늘어서 있다.

과일이나 과자를 파는 곳도 있고, 고기를 굽는 곳도 있다.

축제라도 하나?

"몰랐나? 귀족 분이 조교한 마물을 공개하는 날이야."

지나가던 남자가 가르쳐줬다.

"국왕폐하 직속 알케미스트가, 마물을 노예화해서 사역하는 실험을 한다더라고. 그 성공 사례가, 귀족한테 불하됐다는 것 같던데."

"그 녀석을 이용해서, 던전을 공략한다더라고."

"최근에 던전 최하층 쪽에 비보가 있다는 게 알려져서──."

큰길가에 서 있는 사람들이 계속 이야기했다.

국왕폐하 직속 알케미스트── 연금술사인가.

내방자가 아니면 좋겠다.

솔직히…… 엮이기 싫으니까.

"오~ 왔다, 왔어."

거리 사람들이 술렁거렸다.

큰길에, 빨간 갑옷을 입은 남자들이 걸어왔다. 저게 이 거리의 위병인 것 같다.

그 행렬 중심에, 목줄을 찬 마물이 있다.

키는 2미터 전후.

손에 들고 있는 건, 긴 자루가 달린 양날 도끼. 폴 액스다.

검게 빛나는 피부.

탄탄한 근육이 갑옷처럼 온 몸을 뒤덮었다.

머리에는 배배 꼬인 뿔이 두 개.

수소 머리.

"미노타우르스……."

"저런 걸 잘도 사역했네……."

내가 말하자, 리타가 떨리는 목소리로 대답했다.

"마물을 사역하는 건, 역시 어려운가?"

"힘으로 복종시키거나 스킬로 컨트롤하거나 둘 중 하나. 하지만 저건, 가까이에 강해 보이는 사람은…… 없네. 연금술로 새로운 아이템이라도 만든 게 아닐까."

"당장 여기서 떨어져요."

작은 손이 내 옷소매를 붙잡았다.

세실이 새파랗게 질린 얼굴로, 날 보고 있다.

"미노타우르스 씨 목줄에서, 안 좋은 마력이 느껴져요. 흔들리고—안정되지 않은 것 같은."

콰직!

단단한 것이 찌그러지는 소리.

무거운 것들이 부딪치는 소리.

큰길 쪽을 봤다.

건물에 처박힌 위병이, 땅으로 떨어지고 있었다.

큰길 중앙에는 폴 액스를 휘두른 자세의, 미노타우르스.

"크———크아—악."

새빨간 손톱이 달린 손가락이, 자기 목에 감긴 목줄을 움켜쥐었다.

미노타우르스의 팔이, 부푼 것처럼 보였고.

다음 순간——

뚝. 목줄이 끊어졌다.

"크아아아아아아아아——!"

"세실! 리타!"

"알아. 도망치자, 나기!"

위병들은 둘로 갈라졌다. 한 쪽은 미노타우르스 앞을 가로막고, 다른 쪽은 사람들을 유도하고 있다.

우리도 오래 있을 필요는 없다.

"리타는 세실을 업어줘. 전속력으로 여기서 벗어난다."

"루트는?"

"사람들한테 말려들지 않게. 아까 그 골목길로 가자!"

"알았어. 나기가 앞장서줘!"

나한테 맡겨, 방향치.

우리는 뛰어갔다.

"목줄이 풀 수 있는 거였나."

그것도 힘으로.

"『계약의 신』이 만든 거라서, 부술 수 없는 줄 알았는데."

"저건 달라요. 아마도, 알케미스트가 만든 가짜예요."

"간단히 말해서 허접한 짝퉁인가."

"마법 실험용 실패작이겠죠."

"그런 걸 쓰지 말라고."

"엄청난 민폐네요."

"민폐 정도가 아냐! 뒤에!"

뒤에?

리타의 고함을 듣고, 뒤를 돌아봤다.

시커먼 그림자가, 보인다. 신장 2 미터 가량의.

거칠게 숨을 쉬고. 목에는 끊어진 목줄이 걸려있다.

왜…… 미노타우르스가 우리를 쫓아오는 거야?!

"크― 크아――― 크아아아아아!"

미노타우르스가 울부짖었다.

그 뒤에, 위병들이 쓰러져 있다. 여섯 명이 덤볐는데도 못 막
은 거야?!

"크아― 크가아!"

그 커다란 몸을 골목길에 억지로 밀어 넣고, 뛰어오는 미노타
우르스.

양쪽 집 벽을 긁어대면서 다가오고 있다.

하지만, 이대로 뛰어가면 도망칠 수―― 는 무슨.

눈앞의 골목길을, 노점 수레가 막고 있었다.

무작정 뛰느라 몰랐다.
큰길에 있던 노점이다. 틀림없이.
미노타우르스가 폭주한 걸 보고, 당황해서 골목길에 숨긴 것이다.
고기와 기름 냄새가 난다. 나무 수레가 고기 기름으로 번들거리고 있다.
완전히 민폐—— 불법주차잖아.
"……나기 님, 리타 언니, 먼저 도망치세요."
갑자기 세실이 업혀 있던 리타의 등에서 뛰어내렸다.
"아마도, 미노타우르스 씨는, 절 쫓아오는 것 같아요."
"세실을?"
"저 목걸이를 만든 건 아마도, 마법사—— 마력을 쓰는 사람이에요. 미노타우르스 씨는 그것과 비슷한 생물을 제일 먼저 없애려 하고 있어요."
"또…… 목줄에 구속될까봐?"
"예. 그래서 제가 미끼가 되면, 나기 님은 도망칠 수 있을 거예요."
"알았어. 저 놈을 여기서 해치우자."
나는 리타의 팔을 잡았다.
"쓰러트리지는 못해도, 도망칠 수 있게 막아보자. 괜찮겠지, 리타."

제15화「폭주하는 마물을 치트 스킬로 해치운다」 227

"말 할 필요도 없어, 주인님!"

쫑긋, 리타의 머리에서 귀가 튀어나왔다. 동시에, 로브 밑으로 금색 꼬리가.

좋았어, 내 노예는 의욕이 넘친다.

"왜, 왜, 왜요?!"

"왜긴, 세실은 동료니까."

"죽을 생각은 없어요. 시간을 벌려는 건데. 그런데."

"미노타우르스 씨가 세실을 건드리는 건 죽어도 싫어."

"──하읏?!"

"세실은 내 노예잖아? 그렇다면 세실 몸은 내 거야. 내 뜻을 무시하고, 멋대로 희생하는 건 용서 못해."

"──하, 하으으으?!"

이상한 소리는 안 했을 텐데.

세실 얼굴이 새빨개졌지만── 그 얘기는 나중에 하고.

상황을 확인하자.

여기는 골목길. 주위엔 벽돌집들.

골목길 폭은, 두 사람이 나란히 지나갈 정도.

목적은 미노타우르스를 멈추게 하는 것.

쓰러트리지 않아도 된다. 우리가 도망칠 수만 있으면, 그걸로.

위병이나 모험자들이 와서, 미노타우르스를 쓰러트려줄 테니까.

"둘 다, 이리 와."

나는 세실과 리타에게 작전을 말했다.

"그러니까, 리타는 나랑 세실이 노점 반대편 건물로 이동할 때까지 시간을 벌어줘."

"저기, 나기. 너 뭐 착각하는 거 아냐?"

리타는 날 노려봤다.

역시 너무 무모한가.

"주인님이 생각한 작전에, 불만이 있을 리가 없잖아."

"뭐?"

"이런 때는 '작전을 생각했다. 뒷일은 부탁해'면 되는 거야."

"되는 거야?"

"되는 거야!"

리타가 대담하게 웃었다.

"나, 나기랑 내가 만든 스킬의 힘, 보여줄 테니까!"

금색 머리카락을 위날리며, 리타가 미노타우르스 앞을 가로막았다.

'레비아탄'과 싸울 때와 똑같다.

리타는 어떤 때건 절대로 동료를 버리지 않는다.

"발동⋯⋯『신성력 장악』."

리타가 조용히 심호흡을 했다.

예쁜 두 손이, 창백하게 빛나기 시작한다.

손가락과, 손바닥, 손목, 팔꿈치까지 감싸는, 창백한 아우라 같은 것.

그것이 투명한 건틀렛 모양이 됐다.

"자, 어느 쪽에서건 덤벼보라고. 폭주한 마물 병기!"

"목적은 시간 버는 거야, 잊지 말라고!"

나는 세실의 손을 잡고 뛰어갔다.

골목길을 막고 있는, 기름기로 범벅이 된 노점 수레.

내키진 않지만, 거기에 손을 짚고 뛰어넘었다.

"……백작…… 님을, 위해."

기계 같은 소리에 뒤를 돌아봤다.

미노타우르스가 리타를 향해, 폴 액스를 내리쳤다.

"그딴 건 소용없어!"

뻐억!

리타는 몸을 기울여서 피하고, 폴 액스를 옆쪽에서 때렸다.

강철 도끼가, 부서졌다.

그 틈에, 리타가 간격을 좁힌다.

접촉.

오른손 손바닥이 미노타우르스의 배를 때린다.

"흐음!"

창백한 신성력의 빛이, 미노타우르스의 배에서 등쪽으로 뚫고 나갔다.

"크어어어어어어어!"

미노타우르스가 배를 붙잡고 절규한다.

하지만,

"바친──다…… 깊은 곳의 비보를."

"쳇!"

리타는 순식간에 판단. 뒤로 점프.

미노타우르스가 올려친 팔을 피해서.

깡, 딱딱한 소리.

미처 피하지 못한 손톱을, 리타의 『신성력 장악』으로 튕겨낸 소리다.

"역시 중급 마물이네. 의외로 똑똑하잖아!"

리타는 거리를 벌리고, 짜증난다는 듯이 금색 머리카락을 쓸어 올렸다.

좁은 골목길을 가득 채우고 달려오는 미노타우르스.

귀족인지 뭔지 모르겠지만, 쓸데없는 걸 불러내고 말이야.

마력으로 제어해봤자, 폭주하면 다 소용 없잖아!

"나기 님, 빨리!"

정신을 차려보니 먼저 수레를 넘어간 세실이, 나를 향해 손을 뻗고 있다.

나는 수레 지붕에서 뛰어내렸다.

"리타! 이쪽은 준비 됐어! 빨리 와!"

"예, 주인님!"

노점 수레 너머에서, 리타가 땅을 박차는 게 보였다.

하얀 몸이 도약한다. 리타는 그대로 좌우 벽을 박차고, 삼각 뛰기를 반복하면서 더 높이 날아 올랐다. 금색 머리카락을 휘날리며, 도발하는 것처럼 꼬리를 쫑긋쫑긋 흔들며 공중제비.

미노타우르스가 고개를 들어 위쪽을 봤다.

──지금이다!

『건축물 강타 LV1』(파괴 특성 무효)!"

나는 노점 수레를 주먹으로 때렸다.

충격.

불법주차 수레가, 미노타우르스를 향해 달려간다.

전에, 이 스킬로 마차를 움직인 적이 있다.

이 수레도 마찬가지다. 지붕이 있고 기둥이 있으니까 움직이겠지!

"세실!"

"예! 『정령의 숨결이여 내 적을 쳐라! 플레임 애로!!』"

세실의 손에서 불꽃 화살이 발사됐다.

기름 범벅 노점에 맞아서—— 불이 붙었다.

"『플레임 애로』『플레임 애로』『플레임 애로』"

계속 추가! 불길이 점점 커진다. 그리고,

콰앙!

"끄아아아아아아아아!"

위쪽에 정신이 팔렸던 미노타우르스의 배에, 불길에 휩싸인 수레가 격돌했다.

아까 리타가 한 방 먹인 곳이다.

미노타우르스가 무릎을 꿇었다. 그 얼굴이, 불꽃과 연기에 휩싸였다.

연기와 불티를 먹은 미노타우르스가 괴로워하며 고개를 저었다.

"자, 끝이다!"

수직 낙하한 리타의 발차기가, 미노타우르스의 정수리에 명중

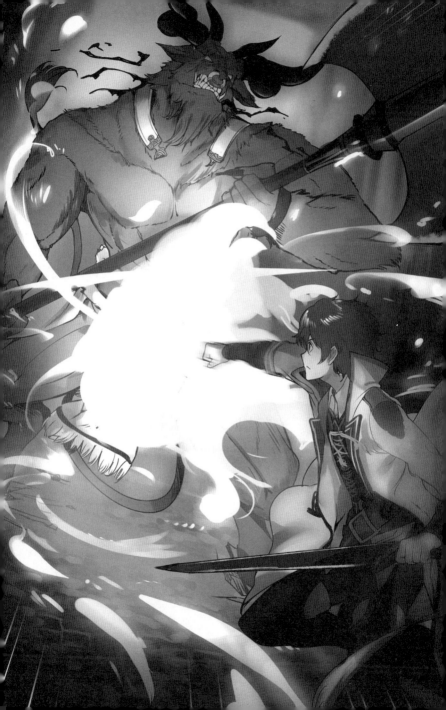

했다.

『신성력 장악』의 창백한 아우라를 두른, 리타의 뒤꿈치.

그것이 미노타우르스의 머리에 박혔다.

"이걸로—— 마무리!"

리타는 미노타우르스의 머리를 발판으로 삼아 점프. 다시 벽을 차고, 두 팔로 미노타우르스의 미간을 때렸다.

휘청, 미노타우르스의 몸이 흔들린다.

눈과, 귀와, 코와, 입.

머리의 구멍이란 구멍에서 모조리 피를 흘리며, 미노타우르스가 쓰러졌다.

"수고했어~." "수고하셨어요, 리타 언니."

짝, 짝, 짝.

리타와 세실은(키 차이가 상당히 난다) 하이 터치.

의외로 쉽게 쓰러트렸네.

그나저나, 세다. 우리 리타 세다~.

"이 정도면, 리타 혼자서도 '레비아탄'을 쓰러트렸을 것 같은데……?"

"아냐. 이 기동성은, 나기가 준 스킬 덕분이야."

"그래?"

"『신성력』을 팔다리에 집중하면, 점프할 때 속도가 빨라지는 것 같아. 몸 움직임도 빨라져서, 생각하기 전에 움직이는 느낌이랄까?"

"한마디로『신성력』이랄까, 아우라를 추진력으로 쓰는 느낌?"

"잘은 모르겠지만, 나기가 그렇게 말하면 그런 거겠지?"

"그래도 되겠어?"

"이겼으니까 됐잖아."

"뭐 어때요, 리타 언니도 『치트 캐릭터』가 됐으니까."

"나도 세실이랑 똑같네."

"똑같네요."

""그러네~.""

맞잡은 손을 붕붕 흔드는 리타와 세실.

그나저나, 너무 세게 휘둘러서 세실이 날아가 버릴 것 같은데 말이죠.

뭐 어때.

내가 두 사람을 치트 캐릭터로 만들었으니까.

무슨 일이 있으면 내가 도와주자. 그래.

"나기…… 사람들이 와."

갑자기 리타의 귀가 쫑긋, 하고 움직였다.

"갑옷 소리. 칼이 부딪히는 소리. 발소리를 들어보면 스무 명 정도."

"위병이려나."

"아마도. 어쩔까? 미노타우르스를 쓰러트렸으니까 보수를 달라고, 할 거야?"

설마.

보수는 매력적이지만.

그랬다간 미노타우르스 주인한테 찍힐 것 같고.

거리에 마물을 끌어들인 놈하고 엮이면, 좋은 일이 없을 것
같다.

"전원 철수——. 숙소로 돌아가서 잠깐 쉬자."

"찬성이에요. 온 몸이 축축해서 깨끗이 씻고 싶어요."

"세실이랑 마찬가지. 귀찮아지기 전에 가자."

위병에게 들키면 이렇게 말하자.

우와~ 깜짝 놀랐어요.

정신을 차려보니 미노타우르스가 죽어 있었어요.

어떻게 된 거죠~. 깜짝 놀랐어요~.

아마 엄청나게 대단한 사람이 쓰러트렸겠죠~.

그런 이유로 나는 뛰어서, 리타는 세실을 등에 업고 초특급으
로, 그 자리를 벗어났다.

제16화 「겨우 자리를 잡았으니 모험자 길드에 등록하자」

다음날.

나와 세실과 리타는 메테칼 거리의 모험자 길드에 왔다.

일단 설명을 듣고 금지사항(모험자간에 목숨이 걸린 싸움은 금지. 단, 정당한 이유인 경우는 제외. 민간인에게 해를 끼치는 것은 금지. 메테칼 자치법을 어기지 않을 것. 등등)의 계약서에 서명까지 했다.

마지막으로 등록료를 지불하고, 우리는 드디어 정식으로 길드의 일원이 됐다.

금지사항에 대한 계약이 『계약』이 아니라 서명인 것은, 『계약』이면 페널티가 너무 크기 때문에. 길드에서는 거기까지 책임을 져주지 않기 때문이라는 것 같다.

예를 들어서 『계약』 위반으로 머리가 아플 때 마물과 마주쳐서 죽으면?

예를 들어서 나쁜 민간인이 퀘스트의 보수 등을 노리고 공격했을 때, 『계약』 때문에 저항하지 못했다면?

모험에는 위험이 따르는 법이다.

『계약』에 얽매여서 목숨을 잃으면 의미가 없다.

계약서의 내용을 위반한 경우에는 길드에서 추방되고, 메테칼 자치법을 위반하면 당연히 처벌을 받는다. 지금까지는 그렇게 해서 잘 굴러갔다고, 접수 누나가 말해줬다.

스킬이나 패러미터는 확인하지 않았다.

어떤 능력을 가지고 있는지 알려주는 것은, 반대로 말하자면 어떤 것을 못 하는지—— 한마디로 약점을 드러내는 것이 된다. 정보가 어디서 샐지 모르니까, 그게 싫어서 길드에 가입하는 사람이 줄어들면 곤란하니까, 새나가면 곤란한 개인정보는 기본적으로 수집하지 않는 방침인 것 같다.

그 덕분에 세실과 리타의 정체도 들키지 않았다.

세실은 다크 엘프로 넘어갔고, 리타는 귀와 꼬리를 숨기고 인간으로 등록했다. 사실 두 사람 모두 내 노예 취급이었지만.

길드에 다크 엘프가 등록돼 있다는 걸 보면, 종족적인 문제는 없는 것 같다.

길드 가입 특전은, 무엇보다 일을 받을 수 있다는 것.

이것은 일을 차지하려고 싸우는 일을 막기 위한 조치인 것 같다.

예전에는 좋은 일을 놓고 싸우기도 하고—경우에 따라서는 사람이 죽는 경우도 있었다고 한다. 그것을 피하기 위해 길드를 통해서만 일을 받아야 한다는 룰이 생겼다고 설명해줬다.

두 번째 특전은 길드가 소유한 시설을 우선적으로 사용할 수 있다는 점.

여관이나 하숙, 또는 상점…… 모험자가 사용할만한 시설들에서는 약간 할인해 준다는 것도 같고.

참고로 이 메테칼에는 모험자 길드가 두 군데 있다.

하나는 우리가 등록한 '서민 길드'.

이쪽은 메테칼의 상인들이 스폰서가 돼서 운영하고 있다.

밖에서 흘러 들어온 모험자나, 메테칼 출신 일반인들이 등록하는 경우가 많다.

또 하나는 귀족이 운영하는 '귀족 길드'다.

그쪽은 왕가의 자식이나 귀족의 자식들이 경력을 만들기 위해서 등록하는 곳이라나.

귀족 길드에는 왕가에서 커다란 일을 의뢰하기도 하지만, 실력 있는 사람은 일부뿐이라서, 거기서 처리하지 못하는 일들을 서민 길드 쪽으로 보내고 있는 상황이라는 것 같다.

결국 '서민 길드'는 커다란 상조회라고, 접수 누나가 말했다.

아무튼 일이 필요한 사람에게 그 일을 줘서, 최적으로 살아가는 방법을 찾게 해준다.

자신이 모험가 체질이 아닌 것 같다면, 인맥을 만들 수 있는 퀘스트를 받고, 거기서 다른 일을 찾으면 된다.

메테칼은 상업도시라서, 그렇게 경제가 돌아가게 만드는 쪽이 좋다.

한마디로 다들 죽지 않고 잘 살아보자는, 그런 시스템입니다——

그렇게 말하고, 접수 누나는 설명을 마무리했다.

마지막으로 '가끔씩 시스템이 제대로 돌아가지 않는 경우도 있지만……' 이라고 투덜거렸고.

우리는 첫 퀘스트를 받기 전에 숙소로 돌아갔다.

각자가 가진 스킬과 효과를 확인하고 받는 쪽이 좋다는 쪽으로 의견이 일치했기 때문이다.

먼저 내 스킬부터.

『능력 재구축』한 스킬을 보면 알 수 있지만, 내가 혼자서 재구축한 스킬에는 'R(레어)'이, 세실이나 리타와 같이 재구축한 스킬에는 'UR(울트라 레어)'이 붙어 있다.

레벨은 어디까지나 참고만. 스킬의 평균치를 계산해봤다.

직업도 최대한 대략적인 이미지다.

종족도, 딱히 길드에 신고할 필요는 없으니까, 그냥 두고.

소마 나기

종족 : 인간

직업 : 스킬 스트럭처

레벨 : 2

고유 스킬 『능력 재구축 LV2』

자신과 휘하 노예의 스킬 '개념'을 바꿔서 새로운 스킬을 만들어낼 수 있다. 노예의 몸 안에 있는 스킬과 자신의 스킬을 이용해서 재구축하면, 보다 고도의 스킬이 만들어지기 쉽다는 특성이 있다.

LV2로 올라가면서 생긴 능력은 불명.

그저께 밤에 이것저것 실험해봤지만, 결국 알아내지 못했다. 정말 미안해, 리타.

통상 스킬

『증여 검술 LV1』(R)

「검이나 도」로 「회복력」을 「늘린다(10%+『증여검술』LV×10%)」

효과 : 검이나 도로 벤 상대에게 회복능력을 부여한다. 상대의 원래 치유능력에 추가된다. 증가치는 『증여검술』LV×10%+10%(현재 증가치 : 20%)

『건축물 강타 LV1』(R)

방의 벽이나 내장재에 강력한 대미지를 준다. 파괴 특성 「벽돌」「나무 벽」

『고속 분석 LV1』(UR : 세실)

주위 상황을 빠르게 분석한다. 빨라진 만큼 효과 범위는 통상적인 분석보다 감소.

『이세계 회화 LV5』

이세계 사람들과 대화할 수 있다. 또한 문자를 읽는 것도 가능.

『초월 감각 LV1』(UR : 리타)

「침묵」을 통해, 소유자는 자신의 오감을 일시적으로 차단할 수 있다.

감각을 차단한 중에는 제6감이 예민해진다. 하루에 한 번만 사용할 수 있다.

다음은 세실의 스킬
세실 파롯

종족 : 마족(대외적으로는 다크 엘프)
직업 : 여동생계 마법사
레벨 : 2

고유 스킬 『마법 적성 LV3』
모든 마법의 효과가 『마법 적성』 LV×10%+10% 증가한다.
(현재 증가치 40%)

통상 스킬
『고대어 영창 LV1』(UR : 세실)
주문을 옛 언어(고대어)로 영창한다. 영창 속도는 통상 주문
보다 느려지고, 대신에 위력이 대폭으로 증가한다. 증가율은
200%에서 800% 가량. 단, 마력 소비도 그에 따라 증가한다.

『마법 내성 LV1』
마법 공격에 의한 대미지가 『마법 내성』 LV+10%(보너스 수
치) 감소한다(현재 감소치 : 11%).
보너스 수치는 레벨 상승에 따라 증가.

『마력 탐지 LV1』

주위에 있는 마력을 감지할 수 있다.

『감정 LV2』

대상 아이템의 가치를 알아볼 수 있다. 성공 확률은 '감정' LV×10%.

마법이 걸린 아이템의 경우, 감정 성공률이 '마법 적성'의 LV×10% 추가된다.

『동물 공감 LV3』

동물과 어느 정도 의사소통이 가능하다.

습득 마법『화염 마법 LV1』『라이트』『플레임 애로』『파이어 볼』

마지막으로, 리타의 스킬이다.

리타 멜페스

종족 : 수인(대외적으로는 인간)

직업 : 야생적 신성 격투가

레벨 : 3

고유 스킬『격투 적성 LV4』

무기, 방어구를 장비하지 않은 경우, 민첩성이 『격투 적성』 LV×10% 증가한다.

잠금 스킬
『신성력 장악 LV1』(잠금 : 적출 불능 특성) (UR : 리타)
소유자가 자신의 『신성력』을 파악하고, 신체의 원하는 부위에 집중할 수 있다.
그 부위의 강도가 증가하기 때문에 공격력, 방어력이 강화된다.
『신성 격투』의 대미지 보너스가 2배가 된다.
『신성 가호』가 강화된다. 독, 마비 외에 저주, 치사계 마법도 무효화.

통상 스킬
『신성 격투 LV4』
전투 중에 상대에게 주는 대미지가 『신성 격투』 LV×10% 증가한다.
상대가 언데드인 경우, 대미지가 20% 더 증가한다.
『신성력 장악 LV1』의 효과에 의해, 현재 대미지 2배 보너스 부가 중.

『신성 가호 LV4』
전투 중에 상대로부터 받는 대미지가 『신성 가호』 LV+10%(보너스 수치) 감소한다.

보너스 수치는 레벨 상승에 따라 증가.

상대가 언데드인 경우, 대미지가 20% 더 감소한다.

독, 마비 무효화.

『신성력 장악 LV1』의 효과에 의해 현재 저주, 치사계 마법을
무효화.

『가창 LV5』

아주 아름다운 노래를 부를 수 있는 스킬. 신참 음유시인 수준.

『기적 감지 LV4』

냄새나 소리, 기적 등을 통해서 주위의 움직임을 감지한다.

『무도 격투 LV1』(R)

맨손 상태에서 주는 대미지가 '무도 격투' LV×10% 증가한다.

이상.

이렇게 보니 세실과 리타의 능력이 높다는 것과, 나한테 전투
력이 없다는 걸 확실히 알 수 있다.

뭐, 내 목적은 영웅이 되는 게 아니라 '일하지 않아도 살아갈

수 있는 스킬'을 만드는 거니까 상관없지만.

원하는 건 채집계 스킬이다.

개념에 「돈을……」 이라는 게 들어가 있으면 최고인데.

재구축해서 「돈」을 「무한」으로 「늘린다」 스킬 같은 게 나오면, 그걸로 클리어.

좋았어…… 온 몸에 힘을 빼고 열심히 하자.

가능하다면 계속, 메테칼에 있으면 좋겠는데…….

솔직히 이리저리 이동하면 피곤하니까.

숙소로 돌아온 뒤에 우리끼리 이야기를 해서, 일단 채집계 퀘스트부터 시작하기로 정했다.

일단 메테칼 주변 지리에 적응할 것.

지도를 외워둘 것. 믿을 수 있는 아는 사람을 만들 것.

아무튼 살아남는 것이 우선.

던전에 들어가는 건 말도 안 된다.

이야기가 그렇게 정리된 뒤에, 우리는 다시 길드로 갔다.

우리는 퀘스트가 붙어 있는 게시판── 퀘스트 보드에서 채집계 일을 찾았다.

그런데 없다.

아까 길드에 등록하러 왔을 때 붙어 있던 퀘스트 종이들이 전부 뜯어졌고──

받을 수 있는 일은, 딱 하나.

「전원 참가 퀘스트」

· 마검 쟁탈전

80년 만에『마검 레기나브라스』가 던전에 나타났다는 정보가 들어왔습니다.

여러분도 아시다시피, 귀족 길드는 항상 저희에게 무모한 일들을 떠넘겼습니다. 그들은 더욱 오만해질 뿐입니다.

그런데 그들이 마검까지 손에 넣으면, 저희는 어떤 꼴이 될지 모릅니다.

그것을 막기 위해, 서민 길드 멤버들은 모두 던전에서 마검 탐색에 참가해 주십시오.

탐지 마법에 의하면 마법은 지하 최하층, 제12층 부근에 존재할 가능성이 높습니다.

여러분의 건투를 빕니다.

"……………뭐라고?"

번외편 「나기와 세실과 '하얀 매듭 축제'」

"'하얀 매듭 축제'?"

세실과 같이 메테칼에 도착한 다음날.

거리를 산책하던 우리 둘은, 오래된 가게 부지에 있는 비석을 발견했다.

꽤나 오래된 것 같다.

표면에는 이끼가 잔뜩 꼈고, 새겨진 글자도 거의 지워졌다.

"……'하얀 매듭 축제'는 노예를 위로하는 축제. 서로의 유대를 확인하기 위한…… 세실, 그 다음 읽어줘."

"예. 5년 주기로 그런 축제가 열린다나 봐요. 가장 가까운 때는…… 어라?"

"왜 그래 세실."

"오늘이네요. '하얀 매듭 축제'."

강아지처럼 고개를 갸웃거리며, 노예 소녀 세실이 말했다.

"아~ 그런 축제도 있었지."

여관으로 돌아와서, 여주인에게 축제에 대해 물어봤다.

"'하얀 매듭 축제'라면, 꽤 오래된 축제야. 『계약의 신』과 관계된 축제인데, 지금은 하는 사람도 없을 걸."

"노예를 위로하는 축제라고 했죠?"

"……관심 있어?"

나를 품평하려는 것처럼 쳐다봤다.

그리고 세실을 보고는, 어깨를 으쓱거리고 한숨을 쉬었다.

"우리 집에 기록이 남아 있을 거야. 조상님이 이 거리 근처에 살던 마법사랑 아는 사이였거든."

여주인은 손을 들어서 종업원을 불렀다.

'노예를 위로하는 축제'라.

한마디로 평소에 열심히 일하는 사람을, 고용주가 대접한다는 뜻이겠지.

"……사원여행 같은 건가?"

"그게 뭔데?"

"아뇨, 그냥 혼잣말이에요."

우리는 여기까지 여행을 해서 왔으니까, 사원여행 같은 여행에서 이벤트에 참가한다고 생각하면 이해하기가 쉽다.

'하얀 매듭 축제', 평소에 일 해주는 사람을 위로하는 축제.

즉, 상으로서 사원여행. 회식까지 포함해서.

사실…… 사원여행은 꼭 가보고 싶었다.

아르바이트 할 때 사원들이 '진짜 재미있었어! 진짜 재미있었다니까, 제발 믿어달라고! 사진 좀 봐, 얘기 좀 들어' 라면서, 여행 다녀온 뒤에 필사적으로 호소했으니까.

신기할 정도로 야위어 있었지만.

아마 그만큼 필사적으로 즐겼다는 뜻이겠지.

"'하얀 매듭 축제'는 노예에게 보답하기 위한 사원여행…… 그렇다면, 하는 게 좋겠지."

나는 테이블 맞은편 자리에서 빵을 먹고 있는 세실을 봤다.

가느다란 몸. 입고 있는 것은 옷자락이 짧은 천 옷. 어깨 위에는 가죽 목줄.

딱딱한 빵을 조금씩 찢어서는, 수프를 찍어서 오물오물 먹고 있다.

세실은 불평도 하지 않고 날 따라와 줬다.

하지만, 난 세실에게 별로 해준 것도 없었지.

좋았어…… 노예를 위로하는 축제가 있다면, 그걸로 세실한테 보답을 해주자.

그렇지 않으면 내가 블랙한 고용주가 될 지도 모르니까.

"괜찮으시다면, 그 '하얀 매듭 축제'에 대해 가르쳐 주시겠어요?"

여주인에게 물었다.

뚱뚱한 체형의 여주인은, 축 처진 턱살을 흔들면서,

"일단 『계약』을 해야 돼."

"『계약』?"

"댁이 노예한테 '오늘 하루, 반지의 구속력은 쓰지 않는다'고 『계약』하는 거야. 전부 노예의 자유의사에 맡기는 거지. 위로하려면 그렇게 해야 하잖아?

또 하나. 노예가 싫어하면 의식을 그만둔다. 중요한 건 그거야."

그렇게 말하고, 여주인은 종업원이 가지고 온 양피지 다발을 나한테 내밀었다.

"자세한 건 여기 적혀 있어. 뭐, 한 번 해봐."

흥, 하고. 여주인은 콧방귀를 뀌었다.

방으로 돌아온 나는, 그 양피지를 읽었다.

꽤 오래된 것인지, 군데군데 색이 바랬다.

그렇다면 역사가 오래된 것. 한마디로 진짜일 가능성이 높아.

그 여주인이 적당히 꾸며댄 얘기일 수도 있지만, 세실을 위로

해줄 수만 있으면 그만이니까.

양피지는 네 장.

제각기 주인과 노예의 유대를 다지기 의한 의식이 적혀 있다.

오늘 하루, 반지를 쓰지 않는다는 『계약』은 아까 했다.

그리고, 첫 의식은,

『최초의 의식』

평소에 일 해주는 데 감사하며, 주인이 노예의 등을 구석구석

까지 깨끗이 닦아준다.

그리고 방문 앞에는 따뜻한 물이 들어 있는 대야가 있다.

몸을 닦기 위한 천까지.

여관 종업원이 우리를 배려해서 가져다준 것이다.

그렇구나. 내가 세실의 등을 깨끗이 닦아주는 거구나.

하긴, 사원여행에서 온천에 가기도 하니까.

그렇구나, 사원들은 여행을 가면 사장이나 관리직이 등을 밀어주는 건가. 어쩌면 그 반대려나.

꽤 힘들겠네. 그러면 그렇게 마르는 것도 당연한 일이지.

"저기, 세실."

나는 침대에 앉아서 세실에게 말했다.

"예, 나기 님."

세실은 여전히 마룻바닥에 가만히 앉아서, 날 올려다보고 있다.

"난 세실을 위로해주고 싶거든."

"예, 나기 님. 고맙습니다."

"하지만, 세실이 싫어하는 일은 하고 싶지 않아."

"저도 알아요."

"그러니까, 첫 번째랑 네 번째 의식은 건너뛸까 하는데."

"알겠습니다. 나기 님이 그렇게 말씀하신다면."

주륵.

세실은 나한테 등을 돌리고, 옷을 허리께까지 내렸다.

갈색의, 날씬한 등이 나타났다.

매끈매끈, 고운 피부.

세실은 자기 피부색이 싫다고 했다.

딱히 싫어할 필요는 없을 것 같은데, 예쁘니까.

세실은 어깨 너머로 손을 뻗어서는 긴 머리카락을 좌우로 가르고, 앞쪽으로 내렸다.

가느다란 목에 감긴 목줄의 금속 부분이 짤랑, 소리를 울렸다.

그대로 세실이 가슴을 손으로 가리자, 견갑골이 튀어나왔다.

군살은 하나도 없다.

조금 더 살이 찌면 좋을 것 같다는 생각이 든다. 예쁘지만.

이세계에 와서 가장 놀랐던 건, 이렇게 예쁜 여자아이가 정말로 있고 살아서 움직인다는 것이었다.

세실은 내 눈앞에서, 내가 등을 만지기 쉽도록 몸 위치를 조정했다. 엉덩이가 보일랑 말랑 할 정도까지 내려간 옷을 올렸다가 내렸다가 옆으로 돌렸다가. 작은 발가락을 벌렸다가 닫았다가.

눈앞에서 벌어지는 광경에 머릿속이 멍~ 해졌다. 똑같은 말만 나온다.

"……부탁드려요, 나기 님."

은색 머리카락을 붙잡고, 세실이 어깨 너머로 나를 보면서 말했다.

세실은 이런 작은 몸으로, 항상 날 도와주고 있으니까.

좋았어, 오늘은 온 힘을 다해서 세실을 위로해—잠깐.

"저기, 세실."

"예, 나기 님."

"등을 씻는 의식은 안 한다고 했는데?"

"예, 들었어요."

"그럼 왜 그러고 있어?"

"나기 님이 왜 망설이는지를 몰라서요."

"세실도 좀 그럴 것 아냐. 남자가 몸을 닦아주면, 말이야."

"나기 님이라면, 괜찮아요."

또 그런 소리 한다.

"나기 님은 항상, 제 피부가 예쁘다고 하셨죠?"

"응. 정말로 예쁘니까."

"하지만, 저는, 제 피부가 싫어요. 마족── 이 아니라, 다크 엘프로 보이는 이 피부 때문에, 다들 사악하다고 싫어했어요. 나기 님도, 저랑 같이 있으면 이상하게 보일지도 몰라요."

그렇게 말하며, 세실은 자기 팔을 문질렀다.

"그래도, 나기 님이 제 몸을 씻어주시면, 좋아하게 될 것 같아요. 소중한 사람이 깨끗하게 씻어준 걸, 싫어할 수는 없으니까요."

이거…… 도망치면 안 되는 장면이겠지.

'세실의 피부는 예쁘다. 하지만 건드리는 건 싫다'고 할 수는 없으니까.

각오하자.

나는 세실의 주인님이니까.

"알았어. 하지만 싫으면 바로 말해."

나는 대야에 손을 넣어서 물 온도를 확인했다.

딱 좋다.

천에 물을 적시고, 세실의 등에 댔다.

"──햐읏."

"뜨거워?"

"괘, 괜찮아요…… 계속하세요."

"응."

재빨리. 꼼꼼하게 하자.

나는 세실의 목에 천을 댔다.

땀에 젖은 세실의 몸이 움찔, 하고 떨렸다.

나는 위에서 아래로. 세실의 등을 문질렀다.

등뼈를 따라서, 그 위치를 확인하려는 것처럼.

"…………."

의식은 '깨끗이 씻어준다'고 했지.

등 전체를 닦아주면 되는 거지.

오른쪽에서, 왼쪽으로.

나는 견갑골을 다듬는 것처럼, 천천히 닦아줬다.

"세실…… 간지럽지 않아?"

"…………아무렇지도 않아요."

세실, 전혀 움직이질 않네.

내가 너무 의식하는 건가, 그렇겠지.

원래 세계의 사원여행에서는, (아마도) 다들 하는 일일 테니까.

"나…… 나기 님이 망설이는 이유를 모르겠어요. 전 아무렇지
도 않아요. 그냥 기분 좋아요. 매일 해주셔도 괜찮아요."

그렇구나~.

매일 하면 내 정신이 못 버티겠지만, 가끔씩이라면.

세실은 아무렇지도 않다니까.

두 손으로 입을 가린 거랑, 호흡이 빨라진 것만 빼면, 평소랑 똑같다.

"조금만 더 하면 되니까, 계속해도 되겠어?"

"저…… 전…… 괜찮아요……."

그렇구나. 그럼 계속 하자.

이건 세실을 위한 의식이니까, 본인이 원하면 계속 해줘야지.

그런데…… 옆구리도 등에 포함되는 건가?

뭐 어때, 일단 닦아주자.

"…………?!"

바들바들바들바들.

이놈. 나도 긴장했으니까, 너무 움직이지 말라고, 세실.

찰싹.

세실의 팔꿈치에 맞아서, 내가 들고 있던 천이 떨어졌다.

들어 올린 내 손이 그대로 세실의 옆구리를, 꾸욱, 하고——

부들부들부들부들!

세실의 몸이 엄청난 기세로 떨렸다 싶더니——

"……………아으."

털썩.

세실이 그대로 앞으로 고꾸라졌다.

"세실?"

"괜찮아요나기님…… 저는전혀아무렇지도않아요."

"마족한테는 남이 건드리면 안 되는 부분이라도 있어?"

"아뇨, 이건 여자로서도 정상적인 반응이에요."

끄덕끄덕끄덕끄덕.

도리도리도리도리.

세실은 필사적으로 고개를 끄덕이고, 그리고는 고개를 옆으로 저었다.

뭐가 뭔지 모르겠거든.

"일단, 등은 전부 닦았으니까, 이거면 되는 거겠지."

"안 되면 곤란하죠."

"그런데, 내가 잘 못 닦아준 것 같은데, 좀 더 꼼꼼히 닦아야 하려나."

"나기 님."

"왜, 세실."

"나기 님은 제 이성이 무한하다고 착각하시는 것 아닌가요?"

왜 눈물을 글썽이면서 날 보는데?

난 얌전히 방에서 나왔다.

정말이지.

'이성이 무한하다고 착각하지 마'는…… 내가 하고 싶은 말이야.

『제2의 의식』
노예와 주인이 직접 같은 음식을 나눠먹는다.

그래. 이건 알겠다.

한마디로 회식에서 술을 따라주는 거지.

그래서, 나와 세실은 시내로 나왔다.

큰길에는 노점이 줄지어 있다. 상업도시다보니 지나다니는 사람도 많고.

나는 사람들이 제일 많이 줄을 선 노점을 골랐다.

뭐가 맛있는지 모르니까. 현지 사람들을 물어보자.

"오래 기다렸지, 세실."

우리는 길가에 있는 화단에 앉았다.

노점에서 팔던 것은 '케르파나'라는 음식이었다.

다진 고기를 반죽으로 감싸고, 그 위에 소스를 뿌렸다.

달지 않은 크레이프나, 말랑한 크레이프 같은 이미지다.

"같은 걸 나눠먹는다고 했지?"

"예, 직접."

"직접?"

"노예 주제에 이런 부탁을 드리려니까, 저도 정말 괴로워요."

세실은 일어나서, 나한테 깊이 고개를 숙였다.

"하지만, 절 위로해주시겠다는, 나기 님의 뜻에 응해드리고 싶어요."

그렇게 말하고 세실은 내 눈앞에서 무릎을 꿇었다.

눈을 감고, 작은 입을 벌리고.

어미가 먹이를 주기를 기다리는, 아기 새처럼.

한마디로…… 내 손으로 직접, 이 케르파나를 세실한테 먹여 줘야 한다는 건가.

'하얀 매듭 축제', 이거 난이도가 높은데.

큰길엔 사람들이 잔뜩 다닌다. 다들 뭔가를 사는데 집중해서, 우리 쪽은 보지도 않는다.

다행이다.

세실 같은 여자애를 자기 앞에 무릎 꿇리고, 입을 벌리게 하고─ 내가 살던 세계 같으면 바로 불심검문에 이어서 체포당할 수준이다.

"그럼, 간다, 세실."

나는 작게 찢은 케르바나를 집어서, 세실의 입으로 가져갔다.

"여기서 뭘 하고 있나."

목소리가 들렸다.

고개를 돌려보니 후드를 쓴 남성이 우리 뒤에 서 있었다.

"그 모험자와 사악한 다크 엘프인가. 여기서 뭘 하고 있나?"

"……'이투르나 교단' 사람?"

본 적이 있었다.

가도에서, 나와 세실을 리타 신관장에게 소개해준 녀석이다.

'레비아탄'의 공격으로 마비됐었는데, 회복해서 메테칼까지

온 건가.

"넌 아직도 다크 엘프 노예 따위를 데리고 다니는 건가."

"쓸데없는 참견 하지 마."

"미리 말해두는데, 마족과 다크 엘프만은 믿어선 안 된다."

누가 듣지 못하게 하려는 것처럼, 남성은 나한테 얼굴을 들이댔다.

"마족과 다크 엘프는 금세 배신한다. 얼핏 충성을 맹세한 것처럼 보여도, 그 본심은 인간과 어우러질 수가 없다."

"보통 사람은 그렇겠지."

나는 다른 세계에서 온 내방자니까, 그 범주에 해당되지 않는다.

"세실은 날 도와주고 있어. 댁한테는 어떤지 모르겠지만, 나는 세실을 믿어."

"그게 문제라는 것이다. 이놈들은 인간을 얕보고 있다!"

나한테 삿대질 하지 마. 그리고 큰 소리도 내지 말고. 눈에 띄니까.

"마력이 뛰어난 데미 휴먼이, 인간을 건드리기도 싫은 더러운 것으로 취급했다는 전승이 '이투르나 교단'에는 남아 있다."

"그렇구나~."

"그렇구나~ 가 아니다! 이놈들은 항상 반지의 힘으로 속박해야만 한다!"

……빨리 딴데로 좀 가라고.

안 그러면 세실이 계속 강아지처럼 앉아 있어야 한단 말이야.

그런데 교단 남자는, 계속해서 나한테 떠들어댔다.

"넌 뭘 모른다. 다크 엘프는 인간을 더러운 것이라 여긴다. 결코 진심으로 충성을 맹세하지 않는다. 이 소녀도, 널 건드리는 것조차 싫어할── 것이다."

덥석.

무릎을 꿇고 있던 세실이, 내가 들고 있는 이세계 크레이프 '케르파나'를 건드렸다.

고개를 뻗어서, 얼굴을 들이대고. 분홍색 입술로.

내가 엄지손가락과 집게손가락으로 집고 있던 이세계 크레이프 '케르파나'.

세실은 그것을 물었다. 내 손가락이 다치지 않게, 살짝.

빨간 눈으로 나를 보며, 그것을 소중한 것처럼 꼭꼭 씹고, 삼켰다.

그리고, 내 손에 남은 케르파나 조각을 보고는──

"……실례합니다, 나기 님."

쪼옥.

세실이 내 집게손가락을, 입으로 물었다.

그대로, 작은 혀가 케르파나 조각을 핥아댔다.

전부 깨끗하게 닦은 다음에, 세실은 내 손을 잡고 엄지손가락과 손바닥에 입술을 댔다. 작은 새가 쪼는 것처럼, 소스와 반죽 가루를 핥고, 빨아먹었다.

방해되지 않도록 은색 머리카락을 한 손으로 잡고, 세실은 열심히 작은 얼굴을 내 손에 들이댔다──.

"노, 노예이자 아내라는 것이 이런 뜻인가?!"

"갑자기 소리 지르지마 이투르나 교단 사람!"

"이, 이것이 아내? 노예 아내인가? 이게 무슨 일인가?!"

"그거 진짜로 받아들였어?!"

"그런 플레이…… 이런 작은 소녀에게, 매일 아침, 점심, 저녁으로 이런 짓을 시키고 있다니……."

"안 시켜. 오늘은 어쩌다보니 하는 거야."

"네 놈의 혼은 이미 심연까지 더럽혀진 것이 틀림없다!"

"그거랑 상관없다고. 그리고 말이야, 이거 축제 의식이라고 하던데?"

"축제? 설마…… '하얀 매듭 축제'인가?"

'이투르나 교단'의 남성이, 믿을 수 없는 것을 봤다는 표정이 됐다.

"너희들은 정식 의식에 따라서 '하얀 매듭 축제'를 행하고 있다는 것인가?"

"응."

"반지의 힘을 쓰지 않고?"

"쓰면 노예를 위로해줄 수가 없잖아?"

"말도 안 돼……. 다크 엘프 소녀와 인간 소년이…… 이 무슨 부러, 아니, 더러운── 아니 그래도 부러운── 아니. 그러니까, 저기, 그게."

"이해할 수 있게 부탁해. 20자 이내로."

"······같이 명부의 폭염에 불타버려라, 이 이단아아아아아아아아아아!"

'이투르나 교단'의 남성은 갑자기 우리한테 등을 돌리고 뛰어가 버렸다.

그리고, 순식간에 사라져버렸다.

대체 뭐냐고.

신관은 숨을 헐떡이며 멈춰 섰다.

믿을 수가 없다.

'하얀 매듭 축제'가 행해지지 않게 된 것은, 끝까지 실행하기가 무시무시할 정도로 어렵기 때문이다.

노예와 거기까지 신뢰관계를 쌓은 주인은 없다.

있다면, 그것은 신뢰를 뛰어넘은 것. 예를 들자면——

아~! 안 돼, 그만!

자신은 여신 이트루나를 섬기는 신관이다.

그런 부러운—— 더러운 소년은 잊어버리자!

빨리 교단 지부로 가자.

괴물 물고기에게 습격당한 건과 리타 멜페스의 처우에 대해 보고해야 하니까.

"……왜 그런 짓을 했어, 세실."

"그냥, 발끈해서요…… 아으."

반성은 안 하는 것 같다.

"얼굴이 새빨개질 때까지 할 필요는 없는데."

정말이지.

난 세실의 머리에 손을 얹었다.

"에헤헤……."

작은 머리를 쓰다듬어주자, 세실은 간지럽다는 듯이 웃었다. 귀엽다.

하지만, 주인님의 이성을 시험하는 건 적당히 해줘. 습관이 되면 곤란하니까.

『제3의 의식』

계약의 신의 신전에 있는 여신상 앞에서 주인과 노예가 같이, 함께 있는 것에 대해 감사한다.

이것은 사원여행에서 신사나 사찰에 가는, 그런 건가.

나는 세실의 걸음걸이에 맞춰가며, '계약의 신전'으로 향했다.

신전은 내가 살던 세계의 교회와 비슷한 모양이고, 누구든 들어갈 수 있는 곳이다.

안은 엄청나게 넓은 공간 안쪽에, 커다란 여신상이 하나 있을 뿐.

상냥해 보이는 미소를 짓고 있는 젊은 여성의 상이고, 손에는 자물쇠와 열쇠 다발을 들고 있다.

"여기서는 평범한 소원을 빌어도 돼요, 나기 님."

"『계약』관계가 아니라도?"

"예. 『계약의 신』은 '맺어주는 신'이라고 하니까요."

『계약』은 사람과 사람을 약속으로 맺어주는 것.

그것에 따라서 지금의 자신을 미래의── 꿈을 이룬 자신과 연결해주는 효험이 있다고 한다.

일단 나는 '일하지 않아도 먹고 살 수 있게 해주세요'라고 빌었다.

세실은 옆에서 '──마족의 피 ──미래로 ──나기 님과'라고 말한 것 같은데, 잘 들리지 않았다. 뭐, 남의 소원을 엿듣는 건 예의가 아니니까.

신전에는 『약속』의 유래가 적힌 동판이 있었다.

『계약의 신』이 이 땅에 『계약』의 룰을 만든 것은 선의에 의해.

인간의 욕망에는 끝이 없다.

그것을 막기 위해, 신은 인간과 대등한 존재로서 엘프와 드워프 등의 데미 휴먼을 만들었다.

하지만, 그렇게까지 했어도 인간의 욕망을 막기에는 부족했다.

그래서 『계약의 신』은 『계약』의 강제력을 만들었다.

『계약』을 한 만큼은 자신의 욕망을 채워도 좋다.

하지만, 거기서 만족해야만 한다.

인간의 욕망을 막을 수는 없다.

그래서 『계약의 신』은 한정해서 해방하기로 했다――

그런 룰이었다는 것 같은데…… 목적은 달성하지 못한 것 같네.

다른 세계에서 온 내가 뭐라고 할 입장은 아니지만.

내가 살던 세계에서는 서면 고용 계약도 제대로 안 돼 있고, 선의네 뭐네 하면서 일을 시켜댔으니까 말이야.

『계약의 신』――나는 노예를 최대한 소중히 여길 테니까.

블랙 고용주가 되지 않을 테니까.

부디, 이쪽 세계에서는 편하게 살 수 있게 해주세요. 짝, 짝.

"주인과 노예가 같이 계약의 신께 인사를 오다니, 보기 드문 일이군."

수염을 길게 기르고 로브를 입은 노인이, 신전 안쪽에서 나타났다.

이 신전의 신관이려나.

"주인이, 노예를 억지로 데리고 오는 일은 있지만. 자네도 그런 자인가?"

"저희는 사원 여행입니다."

"사원 여행?"

"가끔은 세실한테 상을―― 응? 어라?"

신관 노인이 완전히 질린 얼굴이다.

"오늘 말인가? 설마 '하얀 매듭 축제'?!"

대체 왜 죄다 저런 반응이냐고.

슬슬 불안해진다. 이거, 그냥 관둘까.

"이 축제, 무슨 문제라도 있는 건가요?"

"자네들에게 이의가 없다면."

"혹시 이거…… 마법의 의식인가요?"

"그건 모르겠지만, 이 의식은 마족이 시작했다고 전해진다."

"마족이?"

쫑긋, 세실의 귀가 움직였다.

나와 노인을 방해하지 않으려는 건지, 조용히 우리를 보고 있다.

"『계약의 신』의 룰은 마족이 연구해서 태어난 의식이라고 전해진다. 사라진 것은, 끝까지 실행할 수 있는 자가 없어졌기 때문이지. 그저, 이것을 행하면 노예와 주인의 유대가 강해진다는 이야기만이 남아 있다."

"강해지다뇨, 어떤 식으로?"

"서로가 진정한 신뢰관계를 맺은 경우, 그것을 증명할 수 있다고 한다네."

"그밖에는요?"

"마족이 만든 의식의 효과를 상세히 아는 자가 있겠는가."

그런 차별은 좋지 않은데. 문화유산은 소중한 거라고.

"나기 님……."

쭈욱, 세실이 내 소매를 잡아당겼다.

"저, 이 축제를 끝까지 해보고 싶어요."

"으음."

나는 이쯤에서 그만둘까 했는데.

점점 뭔가 이상해지는 게 말이야.

"좀 더 연구해서, 다음에 하면 안 될까?"

"나기 님이…… 그렇게 말씀하신다면."

그러니까, 그런 당장이라도 울어버릴 것 같은 얼굴 하지 말고.

세실한테 마족과 관련된 일들이 특별하다는 건 이해하지만 말이야.

아무튼…… 지금까지 정보는 '이 의식은 주인과 노예를 강하게 맺어준다. 유대를 깊게 해준다' 뿐이지.

그것이 『계약』에 의한 일이라면, 내가 최종적으로 해제할 수도 있을 테니까.

"알았어 세실, 끝까지 하자."

세실의 머리에 손을 얹었다.

은색 머리카락을 쓰다듬어주자, 세실은 겨우 웃어줬다.

'하얀 매듭 축제'는, 세실을 위한 사원여행 같은 것이니까.

세실이 원하는 대로 해주자.

하지만…… 마지막이 상당히 난이도가 높은데 말이야.

노신관은 자기 방에서 양피지 위에 펜을 놀리고 있었다.

오늘은 신기한 것을 봤다.

주인과 노예가 같이 이 신전에 온 것이다. 그것도, 노예가 스스로 원해서.

그런 일이 있을 수 있는 것인가? 아니, 틀림없이 농담이겠지.

노예가, 자신을 속박하는 계약의 신께 기도를 바치다니…….

'하얀 매듭 축제'는, 계약의 신이 이 땅에 내려왔을 때 마족과 접하면서 생겨났다고 한다.

'계약'이 따르는 자를 얽매는 것이 아니라, 희망이라고.

주인과 노예가 깊이 연결되면서 새로운 힘을 발휘하기를 바란다고—혼자서는 도달할 수 없는 미래를 개척하기를 바란다는 소원을 바탕으로 만들어졌다고 들었다.

"헌데…… 전승에 나오는 주인과 노예가 시간을 뛰어넘어 맺어진다는 것이 대체…….

이런…… 안 되지. 이건 이단적인 생각이야."

노인은 한숨을 쉬고, 쓰던 종이를 난로에 던져 넣었다.

둥실.

둥실, 둥실.

내가 잘못 본 게 아니겠지.

둥실, 둥실, 둥실.

아까부터 나와 세실 뒤를, 작은 빛의 구슬이 따라오고 있다.

만지려고 해도 손이 그냥 뚫고 지나간다. 다른 사람들은 아무런 반응도 없고.

"세실한테는 보여?"

"마력 덩어리 같은 거예요."

이거, 꼭 금색 비눗방울 같네.

나쁜 게 아니면 됐지만.

"최후의 의식은 이쯤에서 하는 게 어떨까요."

세실은 완전히 의욕이 넘친다.

빛의 구슬을 데리고, 우리는 여관 뒤쪽으로.

주위에는 아무도 없다. 높이가 낮은 돌담과 나무가 있을 뿐.

"……에헤헤."

내 앞에서 걸어가는 세실이, 은색 머리카락을 흔들면서 뒤를 돌아봤다.

"오늘은 정말 꿈만 같은 하루였어요. 이렇게 즐거운 건, 태어나서 처음이거든요."

"그랬구나."

즐거웠다니 다행이네.

『최후의 의식』

오늘 하루 동안 위로해준 데 감사하며, 노예가 주인의 이마에

입을 맞춘다

나는 세실 앞에서 무릎을 꿇었다.

그렇게 해야만 세실의 입술이 닿으니까.

하얀 마력 구체가, 우리들을 둘러싸고 있다.

세실에게 말을 거는 것처럼, 둥실둥실.

세실은 은색 머리카락을 쓸어 올렸다. 긴 귀를 드러내고 구체의 목소리를 듣고 있는 것 같다.

"저, 세실 파롯은, 소마 나기 님이 해주신 모든 것에 감사합니다."

세실은 주문을 영창하는 것처럼 말하기 시작했다.

"나기 님은 제 몸을 씻어주셨습니다. 덕분에 저는 이 피부가 좋아지게 됐습니다. 나기 님이 예쁘다고 해주신 것을, 제가 싫어할 수는 없으니까요."

"나기 님은 직접 제게 음식을 먹여주셨습니다. 이 몸속에, 나기 님을 조금, 받아들인 것 같은 기분이 듭니다."

"나기 님과 신전에서 같이 기도했습니다. 저는, 마음 속 깊은 곳에서 나기 님과 이어졌습니다."

잠깐만.

세실, 왜 이렇게 술술 말하는 거야?

설마 여기까지 와서, 세실이 이 의식이 어떤 건지 알게 된 건가?

나는 세실의 안에 있는 전승 기억인『고대어 영창』을 끄집어냈었다.

이 의식 중에 같은 일이 일어났어도 이상할 건 없지.

"잠깐만 세실. 이 의식의 정체는——."

"그래서 저 세실 파롯은, 나기 님과 더 강하게 맺어지기를 바랍니다. 이 '하얀 매듭 축제'의 의식을 통해."

세실은 예쁜 은색 머리카락에 하얀 빛을 깃들이고—— 눈을 감고, 천천히 다가왔다.

'당신은 이 노예를 소중히 여기고 계십니까?'

목소리가 들려왔다.

세실에게도 들렸을지 모른다.

의식이 완성돼가는 탓인지, 마력 덩어리가 나한테 속삭였다.

『당신에게, 이 노예는 소중한 존재인가요?』

물어볼 필요도 없지.

"세실은 나한테, 소중한 가족 같은 존재야."

『그녀의 모든 것을 받아들일 수 있습니까?』

"오히려 날 받아들여줄지 걱정인데."

『당신은 이 노예와, 보다 깊이 맺어지기를 바라십니까?』

"——구체적으로는?"

『미래 영겁의 '주종계약'.』

『다음에 태어날 때도, 그 다음에 태어날 때도——.』

『이 주인과 이 노예는, 태어나면서부터 주종이 될 것입니다.』

세실의 얼굴이 다가온다.

숨결이, 내 이마에 닿는다.

『당신이 그것을 바라신다면, 노예의 입맞춤을 받으세요——.』

내 답은 정해져 있다.

"세실, 여기까지. 의식에 대해서 다시 확인해보자."

"아, 안 돼요 나기 님! 미래영겁 저를 받아들여주세——."

세실이 지면을 박차고 점프한 것과 동시에, 내가 일어섰다.

가느다란 팔이, 내 목에 감기고.

작은 몸이 필사적으로 매달렸다.

그리고——

쪽.

턱이었다.

우리를 둘러싸고 있던 하얀 구체가 일제히 팡, 하고 터져서 사라졌다.
의식이 성립되지 않은 것 같다.

"나기 님…… 못됐어요."

"결국 세실은 그 의식에 대해서 어디까지 알고 있었던 거야?"
"자세한 내용을 알게 된 건, 많은 마력을 접했을 때였어요."
우리가 의식을 도중까지 성공시키자, 지면과 공기에 깃들어 있던 마력들이 형태를 갖추고 나타났다.
그리고, 세실에게 의식의 내용을 전했다.
그것은 노예에게 최종적인 의사를 확인하기 위해서 나타난 것이다.

——다시 태어나도, 당신은 이 사람의 것이 되겠습니까?——라고.

거기에 세실이 뭐라고 대답했는지는…… 이 윤기가 넘치는 얼굴을 보면 알 수 있겠네.

볼이 빵빵하게 부풀어 있지만.

그나저나 알았을 때 얘기하라고. 내 동의도 받고.

미래영겁 **주종**이라는 시점에서 틀렸잖아.

미래영겁, 두 사람을 맺어주는 거라면 나도 불만은 없었는데.

"그렇지만 나기 님. 제게 은혜를 갚게 해주지 않으셨잖아요."

그렇게 도끼눈을 뜨고 노려보지 말라고.

"저한테는 이 마음과 혼과 몸밖에, 나기 님께 드릴 게 없거든요?"

"은혜는 갚을 필요 없어. 세실은 할 일을 잘 해주고 있으니까."

"……나기 님은 언제가 돼야 자기가 주인이라는 입장을 자각하시려나요."

"왜 네가 윗사람처럼 말하는데?!"

"다음에도 이렇게 잘 될 거라고 생각하지 마세요!"

"게다가 협박?!"

"저, 지금까지 제가 싫었어요── 마족인 제가."

바로 옆에서 나를 올려다보는, 세실의 얼굴.

마지막 부분은, 당연히 작은 소리로 말했지만.

"하지만, 나기 님을 만나고, 저 자신을 좋아하게 됐거든요? 제 피가 만들어낸 스킬, 나기 님을 도와드렸으니까."

"나도 세실한테 도움을 받았으니까, 그걸로 됐잖아?"

"정말이지! 나기 님, 몰라요!"

대체 왜 그렇게 화를 내는 거냐고.

게다가 좋아하면서 화를 내다니, 재주도 좋네!

참고로 네 개의 의식에는 이런 의미가 있었다는 것 같다.

노예를 씻어준다=의식을 위해서 주인의 손으로 몸을 깨끗하게 해준다.

밥을 먹여준다=앞으로도 식사를 함께 하겠다는 맹세의 의식.

신전=세 개의 의식을 클리어했다고 『계약의 신』에게 보고한다.

입맞춤=모든 의식이 완료됐다는 증거.

이런 조건을 클리어 할 수 있는 주종관계는, 거의 없겠지.

우리── 보다는, 세실이 특별한 거지만.

"나기 님."

"응."

"이번 '미래영겁 주종계약'은 실패했지만, 살아 있는 동안, 제가 계속 나기 님이랑 같이 있는 건 괜찮은 거죠?"

"그야, 응. 물론이지."

지식도, 마법의 힘도, 그밖에도, 세실의 전부가 날 도와주고 있다.

원래 세계로 돌아가 봤자 딱히 좋은 일도 없어서, 돌아가고 싶지도 않고.

그래서, 세실이 바라는 한, 우리는 계속 같이 있겠지.

"쭉~인가요?"

세실은 빨간 눈동자를 반짝반짝 빛내며, 나를 올려다봤다.

나는 고개를 끄덕였다.

"확인할게요. 저는 쭉, 살아있는 동안 나기 님이랑 같이 있어도 되나요?"

"그래도 돼. 세실이 바라는 한은."

"2년 뒤에도 3년 뒤에도…… 5년 뒤에도?"

"물론이지. 뭐, 그 다음은 상상도 못 하겠지만."

"앞날은 모르는 법이니까요. 나기 님 생각도 바뀔 수 있잖아요. 바뀌셨으면 좋겠어요…… 아니, 차라리, 제 모든 걸 걸고서 바꾸겠어요!"

대체 무슨 짓을 하려는 거야, 세실.

"그래도 나기 님. 딱 하나, 확실한 것도 있거든요?"

세실은 그렇게 말하고, 내 이마를 향해서 손을 뻗었다.

"5년이 지나면 저도 키가 조금 자랄 거예요.

다음 축제 때는 각오하세요, 나기 님――."

결의를 담은 눈으로, 세실은 그렇게 선언했다.

【번외편】「나기와 세실과 '하얀 매듭 축제'」 끝.

작가 후기

이 책을 구입해주셔서 정말 감사합니다.

처음 뵙겠습니다, 센게츠 사카키입니다.

이 소설은 '소설가가 되자' 홈페이지에서, 2016년 2월부터 연재를 시작했습니다.

인터넷 판을 많은 분들이 읽어주셨고, 시간이 지난 뒤에 '카도카와 BOOKS'에서 출판 제안을 주셨습니다. 그래서 이렇게 책으로 전해드리게 됐습니다.

출판 이야기를 들은 것은 2장을 쓰던 때였습니다.

아직 2장 초반이라서 앞으로 어떻게 될지 보이지도 않는 상태인데 이런 이야기를 들어도 되는 건가, 라고 전전긍긍했었는데, 담당 편집자님, 일러스트레이터님, 그리고 무엇보다 '소설가가 되자'에서 이 이야기를 읽어주신 많은 분들 덕분에, 이렇게 책으로 나오게 됐습니다.

인터넷 판을 읽어주신 많은 분들, 감상과 댓글을 달아주신 분들, 정말 감사합니다.

이 책은 인터넷판에 새로운 에피소드를 추가했습니다.

그 장면 사이에 무슨 일이 있었는지. 리타와 세실은 이런 생각을 했었다, 같은. 세세한 부분이 여기저기 추가됐습니다. 인터넷판을 읽어주신 분들도, 처음 이 이야기를 읽어주신 분들도 재미있게 읽어주셨다면 정말 기쁘겠습니다.

앞으로 이 이야기가 어떻게 진행될지, 주인공 나기와 치트 캐릭터가 돼버린 소녀들이 어떤 미래에 도달하게 될지. 얼마나 닭살 돋는 짓을 한지. 가까워지는 거리와 고조되는 스킨십에 나기의 이성이 버틸 수 있을지. '아내'라고 했으니 '약혼', '결혼'은 할 것인가.

그리고 나기와 소녀들은 '능력 재구축' 스킬로 얼마나 깊이 맺어질 것인가…… 등등.

시행착오를 겪으며 이어져가는 이야기와 끝까지 함께 해주셨으면 감사하겠습니다.

마지막으로 한 번 더 감사 인사를.

인터넷판을 읽어주신 모든 분들, 감상과 댓글을 적어주신 분들, 정말 감사합니다. 편집자 K 님, 많은 소설 중에서 이 이야기를 발굴해주신데 감사드립니다. 토자이 님, 작자의 상상을 뛰어넘은 귀여운 세실과 리타의 일러스트를 그려주셔서 감사합니다. 그리고 앞으로도 잘 부탁드리겠습니다.

끝까지 읽어주셔서 정말 감사합니다.
혹시나 이 이야기가 마음에 들었다면, 다음 권에서 다시 뵙겠습니다.

센게츠 사카키

ISEKAI DE SKILL WO KAITAI SHITARA CHEAT NA YOME GA ZOUSHOKU
SHIMASHITA
Vol.01 GAINENKOUSA NO STRUCTURE
©Sakaki Sengetsu, Touzai 2016
First published in Japan in 2016 by KADOKAWA CORPORATION, Tokyo.
Korean translation rights arranged with KADOKAWA CORPORATION, Tokyo.

이세계에서 스킬을 해체했더니 치트급 아내가 증식했습니다 1

2018년 7월 14일 1판 1쇄 발행
2019년 9월 15일 1판 3쇄 발행

저   자 센게츠 사카키
일 러 스 트 토자이
옮 긴 이 김정규
발 행 인 유재옥
본 부 장 조병권
담당편집자 정영길
편   집 김다솜 김민지 박상섭 이성호 정영길 조찬희
미   술 강혜린 박은정
라이츠담당 박선희 이슬비
디 지 털 최민성 박지혜
발 행 처 ㈜소미미디어
제 작 처 코리아피앤피
등   록 제2015-000008호
주   소 서울시 마포구 토정로222, 403호(신수동, 한국출판콘텐츠센터)
판   매 ㈜소미미디어
마 케 팅 한민지 한주원
전   화 편집부 (070)4164-3962, 3963 기획실 (02)567-3388
           판매 및 마케팅 (070)4165-6888, Fax (02)322-7665

ISBN 979-11-6190-567-9 04830
      979-11-6190-566-2 (세트)